Diese Persönliche
Chronik ist für:
Janni Preiß

# Das Buch vom

# 10.

# Juni

*Ein ganz besonderer Tag*

*... ein ganz besonderer Tag*

Der im altrömischen Kalender als vierter Monat geführte Juni war der Jupiter-Gemahlin Juno gewidmet, die als Göttin der Frauen, der Ehe und der Geburt verehrt wurde. Nach der Kalenderreform Caesars 46 v.Chr. wurde aus dem Juni der sechste Monat, der statt vorher 29 nunmehr 30 Tage umfaßt. Im Juni beginnt der Sommer und es wird in aller Regel das Fronleichnamsfest begangen. Die Monatsblume des Juni ist die Rose.
Der immerwährende Kalender nennt für den 10. Juni die Namenspatrone Diana, Hein, Henning und Olivia.
Der 10. Juni war schon immer ein Tag bedeutender historischer Ereignisse und der Geburtstag berühmter Personen:

1190 ertrank Kaiser Friedrich I. Barbarossa auf einem Kreuzzug im Fluß Saleph in Anatolien.
1794 erließ der französische Revolutionär Robespierre ein Gesetz, das Hinrichtungen beschleunigt.
1907 veröffentlichten die Gebrüder Lumière die ersten Farbfotografien.

Prinz Philipp von Großbritannien und Nordirland, Ehemann von Queen Elisabeth, wurde 1921 geboren, 1929 der Schauspieler Harald Juhnke.

# Im Zeichen der Zwillinge

21. Mai bis 21. Juni

Der 10. Juni markiert das Ende der zweiten Zwillinge-Dekade. Den unter diesem Sternzeichen Geborenen wird in der Astrologie wie den Wassermännern und den Waagen das Element Luft zugeordnet, was mit besonderen Eigenschaften verbunden ist.

Typische Zwillinge sind die Schauspieler Theo Lingen (1903-78), Judy Garland (*1922-69) und Harald Juhnke (*1929), die am 10. Juni geboren wurden. Denn Zwillinge zeichnen sich als charmante Unterhalter aus, die es genießen, im Mittelpunkt zu stehen. Die scharfe Beobachtungsgabe und brillante Rhetorik der Zwillinge-Geborenen läßt sie häufig publizistische Berufe wie Journalist und Schriftsteller ergreifen, die wie der des Künstlers mit Öffentlichkeit verbunden sind. Für eine kaufmännische Laufbahn eignen sich Zwillinge ebenso, da sie über Verkaufstalent verfügen. Mit ihrem Streben nach Horizonterweiterung sind sie auch in lehrenden und reisenden Berufen anzutreffen.

Wie Fische ist Zwillinge ein Doppelzeichen, was für die unter diesen Sternzeichen Geborenen eine Doppelnatur mit sich bringt. Es fällt ihnen schwer, Entscheidungen zu fällen und sich auf einen Standpunkt festzulegen. Da sie häufig ihre Meinung ändern, wirken sie auf andere Menschen leicht launisch.

# 1900–1909

## Highlights des Jahrzehnts

### 1900

- Weltausstellung in Paris
- Niederschlagung des Boxeraufstandes in China
- Uraufführung der Oper »Tosca« von Giacomo Puccini in Rom
- Probefahrt des ersten Zeppelins »LZ 1«

### 1901

- Die britische Königin Victoria stirbt
- Erste Nobelpreise verliehen
- Thomas Mann veröffentlicht die »Buddenbrooks«
- Mordattentat auf US-Präsident McKinley, Theodore Roosevelt wird Nachfolger

### 1902

- Beendigung des Burenkrieges in Südafrika
- Krönung Eduards VII. zum König von Großbritannien
- Inbetriebnahme der Transsibirischen Eisenbahn
- Kunstströmung »Jugendstil« auf dem Höhepunkt

### 1903

- Serbischer König Alexander I. ermordet
- Erste Tour de France
- Erster Motorflug der Brüder Wright
- Kampf der Suffragetten um das Frauenwahlrecht
- Margarethe Steiff präsentiert den »Teddy-Bären«

### 1904

- Hereroaufstand in Deutsch-Südwestafrika
- Beginn des Russisch-Japanischen Krieges
- Arthur Korn gelingt die erste Bildtelegraphie

### 1905

- Petersburger »Blutsonntag«
- Tangerbesuch Wilhelms II. führt zur Ersten Marokkokrise
- Albert Einstein entwickelt »Spezielle Relativitätstheorie«
- Künstlergemeinschaft »Die Brücke« wird gegründet

### 1906

- Revolutionäre Unruhen und erstes Parlament in Rußland
- Roald Amundsen duchfährt die Nordwestpassage
- Dreyfus-Affäre beigelegt
- Erdbeben verwüstet San Francisco

### 1907

- Pablo Picasso malt »Les Demoiselles d'Avignon« und begründet den Kubismus
- Erste Farbfotografien von Louis Jean Lumière

### 1908

- Ford baut Modell T (»Tin Lizzy«)
- Österreich-Ungarn annektiert Bosnien und Herzegowina
- Durchbruch der olympischen Idee bei Spielen in London
- 30 000 Jahre alte Statuette (Venus von Willendorf) gefunden

### 1909

- Robert E. Peary erreicht als erster Mensch den Nordpol
- Louis Blériot überfliegt den Ärmelkanal
- Unruhen in Persien: Schah Mohammed Ali dankt ab

◀ **Auf der Jagd nach Reichtum und Glück: Goldsucher in Alaska (1901)**

## Sonntag 10. Juni

*Politik*

**Schutztruppe für Europäer:** Der britische Vizeadmiral Edward Hobart Seymour bricht mit einem internationalen Korps von 2000 Mann von der nordostchinesischen Stadt Tientsin nach Peking auf, um die Europäer vor den Anschlägen der christen- und fremdenfeindlichen Geheimgesellschaft der Boxer zu schützen. Von Seymour stammt der bekannte Ausspruch »Germans to the front« (»Die Deutschen an die Spitze«). Am 19. Juni fordert die chinesische Regierung die europäischen Gesandten in Peking auf, das Land binnen 24 Stunden zu verlassen.

**Rekorde 1900–1909**

**400 m:** Maxey Long (USA) – 47,8 sec (1900)
**Weitsprung:** Peter O' Connor (IRL) – 7,61 m (1901)
**Stabhochsprung:** Walter Dray (USA) – 3,90 m (1908)
**Kugelstoßen:** R. Rose (USA) – 15,56 m (1909)

*Gesellschaft*

**Ein Armeekorps für Sibirien** will der russische Zar Nikolaus II. aufstellen. Ein dementsprechender Befehl des Monarchen wird veröffentlicht.

*Wetter*

**Regnerisch und warm** ist der Juni 1900. Es fallen 102 mm Niederschlag, 40 mm mehr als im langjährigen Mittel. Im Durchschnitt klettert das Thermometer in diesem Sommermonat auf 18,0 °C.

# Montag 10. Juni

*Kultur*

**Das Urheber- und Verlagsrecht** ist eines der zentralen Themen, die auf dem vierten internationalen Verlegerkongreß, der in Leipzig eröffnet wird, debattiert werden. Das Treffen wird von Albert Brockhaus geleitet und dauert bis zum 13. Juni. Neben juristischen Fragen beraten die Delegierten über den Musikalienhandel.

*Technik*

**Über neueste Fortschritte** auf dem Gebiet der drahtlosen Telegraphie berichtet der deutsche Elektrotechniker Adolf Slaby auf der in Kiel beginnenden Hauptversammlung des Vereins Deutscher Ingenieure. Während der dreitägigen Veranstaltung wird Wilhelm von Oechelhäuser - seit 1890 Generaldirektor der Deutschen Continental-Gasgesellschaft (Dessau) - zum Vorsitzenden für die Jahre 1901/02 gewählt.

*Wetter*

**Warme Temperaturen und wenig Regen** charakterisieren den Juni 1901. Mit im Durchschnitt 17,7 °C liegt die Temperatur in dem Bilderbuch-Juni um 1,2 °C höher als der langjährige Mittelwert. 28,3 mm Niederschlag unterschreiten die normale Regenmenge um mehr als die Hälfte.

## Dienstag 10. Juni

Politik

**Ein reformorientiertes Regierungsprogramm** stellt Frankreichs neuer Ministerpräsident Émile Combes in Paris vor. Combes betont die Dringlichkeit von Reformen. Besonders wichtig sei die Neuordnung des Unterrichtsgesetzes, die Einführung einer zweijährigen Wehrpflicht und die Verstaatlichung der Eisenbahnen.

London stimmt für Getreidezoll: Mit 279 gegen 193 Stimmen genehmigt das britische Unterhaus erstmals die Einführung eines Getreidezolls. Vor der Abstimmung hatten Wirtschaftsfachleute kontrovers über die Form staatlicher Einflußnahme auf den freien Handel debattiert.

Gesellschaft

**Gegen die chauvinistischen** Äußerungen des deutschen Kaisers Wilhelm II. wendet sich der Abgeordnete Klosac von der tschechisch-radikalen Partei. Klosac kritisiert eine Rede anläßlich der Einweihung der Marienkirche in Marienburg/Westpreußen, die der Kaiser als Symbol des Deutschtums bezeichnete.

Wetter

**Überdurchschnittlich warm** ist es im Juni 1902. Die mittlere Lufttemperatur liegt mit 17,6 °C mehr als 1 °C über dem Mittelwert. Auch der Regenschirm kommt zum Einsatz. Mit 59,6 mm registrieren die Meteorologen annähernd Durchschnittswerte.

# Mittwoch 10. Juni

*Technik*

**Das Automobilwerk der Firma** Daimler wird durch ein Großfeuer in Cannstatt bei Stuttgart völlig zerstört. Alle Wagen verbrennen - darunter auch die Wagen des neuen Typs »Mercedes 90«. Mit einer Motorleistung von 90 PS erreichten sie eine Höchstgeschwindigkeit von 117 km/h. In drei Wochen sollten sie beim Gordon-Bennett-Rennen in Irland der Motorwelt vorgestellt werden.

*Gesellschaft*

**Das Plädoyer für den Freihandel**, das der britische Politiker Archibald Philip Primrose Reseberry tags zuvor abgelegt hat, wird in Wirtschaftskreisen heftig diskutiert. In einer in Bishop Stortford gehaltenen Rede hat sich der Konservative gegen die von Kolonialminister Joseph Chamberlain angestrebte Preisgabe des Freihandels gewandt. Am gleichen Tag fand zur künftigen Handelspolitik Großbritanniens eine kontroverse Debatte im Unterhaus statt.

*Wetter*

**Regenarm und angenehm warm:** Der Juni 1903 zeigt sich mit einer Durchschnittstemperatur von 17 °C von seiner schönen Seite. Mit 33,2 mm Niederschlag wird der langjährige Mittelwert von 62 mm klar unterschritten.

# Freitag 10. Juni

*Technik*

**Über Eisenbahnfahrpläne** diskutieren mehr als 200 Delegierte auf einer internationalen Konferenz in Kopenhagen. Die Teilnehmer sind Vertreter europäischer Staatsbahnen, großer Privatbahnen und Dampfschiffahrtsunternehmen.

*Gesellschaft*

**Einigung über die Staatsausgaben** erzielen Österreich und Ungarn. Nachdem auch die österreichische Deputation zugestimmt hat, wird für die gemeinsamen Ausgaben der Doppelmonarchie für den Haushalt 1904/05 ein prozentualer Schlüssel der Beteiligung festgelegt. Danach trägt Österreich 65,6% der Ausgaben und Ungarn 34,4%.

*Politik*

**Die Rechte der neutralen Staaten** im Russisch-Japanischen Krieg betont US-Außenminister John Miltron in einer diplomatischen Note. Danach sollen z. B. Kohlen von den kriegführenden Staaten nicht beschlagnahmt werden dürfen.

*Wetter*

**Sonnenhungrige kommen** im Juni 1904 voll auf ihre Kosten. Die mittlere Temperatur liegt bei 17,2 °C.

# Samstag 10. Juni

*Gesellschaft*

**Für die Besiedlung** einer »Naturmenschenkolonie« in Deutsch-Neuguinea werben die »Fruchtler« in mehreren Zeitungen mit der Anzeige »Auf ins Fruchtler-Paradies!«. »Fruchtler« nennen sich radikale Vegetarier, die von rohen Früchten und Kräutern leben.

*Gesellschaft*

**Der Vulkan Mont Pelé** im Nordwesten der französischen Antilleninsel Martinique bricht aus. Mehrere Dörfer werden verschüttet.

*Politik*

**Für »vollständig bankrott«** erklärt der Wirtschaftsrat des russischen Gouvernements Charkow die Regierung. Umgehend müsse eine Volksvertretung einberufen werden.

**Preise in den Jahren 1900–1909**

| | |
|---|---|
| 1 kg Butter | 2,46 |
| 1 kg Mehl | 0,35 |
| 1 kg Fleisch | 1,55 |
| 1 Ei | 1,05 |
| 1 l Vollmilch | 1,00 |
| 10 kg Kartoffeln | 0,65 |

in Mark, Stand 1905

*Wetter*

**Heiß** ist der Juni 1905. Mit fast 20 °C liegt die mittlere Temperatur deutlich über dem Durchschnitt. Eine Hitzewelle strapaziert Mensch und Tier. Regengüsse richten erheblich Ernteschäden an.

# Sonntag 10. Juni

*Politik*

**Das gute Verhältnis** zum Deutschen Kaiserreich betont Österreichs Kaiser Franz Joseph I. in Wien vor dem gemeinsamen Parlamentsausschuß der k.u.k.-Doppelmonarchie. Anlaß war der Besuch des deutschen Kaisers Wilhelm II., der das innige Freundschaftsverhältnis Österreich-Ungarns zum Deutschen Reich bewiesen habe.

*Politik*

**Bei Demonstrationen gegen Ungarn** kommt es in Wien zu Ausschreitungen. Die Teilnehmer der Protestveranstaltung ziehen vor das ungarische Ministerpalais und versuchen, Scheiben einzuwerfen.

*Gesellschaft*

**Geld oder Wehrdienst:** Das österreichische Abgeordnetenhaus in Wien verabschiedet das Militärtaxgesetz. Danach müssen die vom Wehrdienst Befreiten eine Ausgleichszahlung leisten.

*Wetter*

**Leicht überdurchschnittlich** sind die Temperaturen im Juni 1906. Mit 17,1 °C liegt der Durchschnittswert 0,6 °C über dem langjährigen Monatsmittel von 16,5 °C.

# Montag 10. Juni

*Technik*

**Die ersten Farbfotografien** werden vom französischen Chemiker Louis Jean Lumière veröffentlicht. Mit seinem Bruder hat er seit 1903 das Autochome-Verfahren entwickelt, mit dem sich farbige Bilder anfertigen lassen. Die beiden Chemiker arbeiten mit beschichteten Glasplatten. In die Schichten sind winzige rot, grün und blau gefärbte Stärkekörnchen eingebettete, die als Lichtfilter dienen. Das Ergebnis sind Glasdiapositive.

*Gesellschaft*

**Der Startschuß** zur 13 000-km-Fernfahrt von Peking nach Paris fällt in der Voyron-Kaserne in der alten chinesischen Hauptstadt.

*Politik*

**Die Einführung** einer Arbeiterunfallversicherung zu Lasten der Unternehmen regt US-Präsident Theodore Roosevelt in einer Rede an.

*Wetter*

**Mittelmäßig präsentiert** sich der Juni 1907. Die mittlere Temperatur liegt bei 16,9 °C.

**Stars der Jahre 1900–1909**

**Isadora Duncan**
Tänzerin
**Gustav Mahler**
Komponist/Dirigent
**Anna Pawlowa**
Tänzerin
**Sarah Bernhardt**
Schauspielerin
**Orville/Wilbur Wright**
Flieger

# Mittwoch 10. Juni

*Kultur*

**Das Märkische Museum** wird in Berlin eröffnet. Es wurde nach Plänen des deutschen Architekten Ludwig Hoffmann errichtet.

*Gesellschaft*

»Linie ohne Bauch«: Das Korsett, ein modisches Muß für die elegante Frau

**Ein internationaler** Bergarbeiterkongreß tagt in Paris. Ein Antrag der deutschen Teilnehmer, die Beschäftigung von Kindern unter 14 Jahren im Bergbau zu verbieten, wird angenommen. Außerdem soll nach dem Willen der Kongreßteilnehmer die Frauenarbeit in Kohlebergwerken verboten werden. Die Veranstaltung endet am 12. Juni.

*Politik*

**Ein Gesetz** über die Einführung einer staatlichen Unterstützung für Invalide und Alte verabschiedet das australische Parlament.

*Wetter*

**Ein warmer und trockener Monat** mit nur 8 mm Niederschlag (Durchschnittswert: 62 mm) macht Regenschirme und Regenmäntel völlig überflüssig.

# Donnerstag 10. Juni

*Technik*

**Als erstes Schiff sendet** der britische Dampfer »Slavonia« vor den Azoren das 1908 eingeführte internationale Notrufsignal SOS aus. Binnen weniger Stunden treffen Rettungsschiffe ein.

*Gesellschaft*

**Das nordamerikanische** Hauptquartier der internationalen Verbrecherorganisation »Schwarze Hand« wird von der Polizei in Marion (US-Bundesstaat Ohio) ausgehoben. Der weltweit tätigen Bande werden u. a. Erpressungen von Industriellen sowie zahlreiche Morde vorgeworfen.

Gute Figur in Sakkoanzug und Wettermantel: Die Mode für den Herrn

*Kultur*

**Die Operette »Die Sprudelfee«** des Komponisten Heinrich Reinhardt wird in Berlin uraufgeführt.

*Wetter*

**Der schöne Sommermonat** mit durchschnittlichen Temperaturen und Niederschlägen lädt zu Spaziergängen ein. Im Juni 1909 liegt die mittlere Temperatur bei 16,7 °C, die Regenmenge bei 62 mm.

# 1910–1919

## Highlights des Jahrzehnts

### 1910

- Georg V. wird nach dem Tod Eduards VII. britischer König
- Der Halleysche Komet passiert die Erde
- Bürgerliche Revolution beendet Monarchie in Portugal
- Wassily Kandinsky begründet die abstrakte Malerei
- Sieg des Schwarzen Jack Johnson bei Box-WM

### 1911

- Bürgerkrieg in Mexiko
- »Panthersprung nach Agadir« löst Zweite Marokkokrise aus
- Militärputsch leitet chinesische Revolution ein
- Roald Amundsen gewinnt den Wettlauf zum Südpol

### 1912

- Erster Balkankrieg
- Woodrow Wilson wird 28. US-Präsident
- Untergang der »Titanic«
- Büste der ägyptischen Königin Nofretete gefunden

### 1913

- Zweiter Balkankrieg
- Niels Bohr entwirft neues Atommodell
- Größter Bahnhof der Welt (Grand Central Station) in New York eingeweiht

### 1914

- Österreichs Thronfolger in Sarajevo ermordet
- Ausbruch des Ersten Weltkrieges
- Eröffnung des Panamakanals

### 1915

- Stellungskrieg im Westen
- Beginn der Ostoffensive
- Charlie Chaplin wird mit »Der Tramp« Star des US-Kinos
- Versenkung der »Lusitania« durch ein deutsches U-Boot

### 1916

- Schlacht um Verdun
- Osteraufstand in Irland niedergeschlagen
- Seeschlacht vor dem Skagerrak
- Der österreichische Kaiser Franz Joseph I. stirbt
- Rasputin ermordet

### 1917

- Beginn des uneingeschränkten U-Boot-Krieges
- Zar Nikolaus II. dankt ab
- Oktoberrevolution in Rußland

### 1918

- US-Präsident Wilson verkündet 14-Punkte-Programm zur Beendigung des Krieges
- Russische Zarenfamilie ermordet
- Waffenstillstand von Compiègne beendet Ersten Weltkrieg
- Novemberrevolution: Kaiser Wilhelm II. dankt ab, Philipp Scheidemann ruft die deutsche Republik aus

### 1919

- Spartakusaufstand niedergeschlagen
- Rosa Luxemburg und Karl Liebknecht ermordet
- Friedrich Ebert erster Reichspräsident
- Versailler Vertrag

◀ **Schöne Spionin in deutschem Auftrag: Mata Hari wird 1917 erschossen**

# 1910

## Freitag 10. Juni

*Kultur*

**In Gegenwart des deutschen Kaiserpaars** wird die Kaiser-Wilhelm-Akademie für das militärärztliche Bildungswesen in Berlin eingeweiht.

*Gesellschaft*

**Zum Generalgouverneur von Kanada** ernennt König Georg V. von Großbritannien und Irland in London Arthur Herzog von Connaught, den dritten Sohn der früheren Königin Viktoria. Die Amtsübergabe findet 1911 statt. Weitere höchste Staatsämter werden im »Empire« neu besetzt: Der Staatssekretär im Außenministerium, Charles Hardinge Baron of Penshurst, wird zum Vizekönig von Indien ernannt als Nachfolger von Gilbert John Elliot-Murray-Kynynmound Earl of Minto.

**Preise in den Jahren 1910–1919**

| | |
|---|---|
| 1 kg Butter | 2,74 |
| 1 kg Mehl | 1,90 |
| 1 kg Fleisch | 3,00 |
| 1 Ei | 0,13 |
| 1 l Vollmilch | 0,25 |
| 10 kg Kartoffeln | 3,30 |
| Stundenlohn | 0,66 |

in Mark, Stand 1913

*Wetter*

**Durchschnittlich** fast 20 °C zeigt die Quecksilbersäule im Juni 1910. Der langjährige Mittelwert für diesen Monat liegt bei 16,5 °C. Ausgedehnten Spaziergängen steht somit aus Sicht der Wetterfrösche nichts entgegen.

# Samstag 10. Juni

*Gesellschaft*

**Sein 25. Regierungsjubiläum** feiert Prinzregent Luitpold von Bayern. Der 90jährige Monarch hatte am 10. Juni 1886 die Regentschaft für Ludwig II. übernommen, drei Tage vor dem legendenumrankten Tod des »Märchenkönigs«.

*Gesellschaft*

**Die Kohlenlader in Southampton** weigern sich, den Dampfer »Olympic« zu versorgen, falls für die schwere Arbeit nicht 33% mehr Lohn gezahlt wird. Damit beginnt ein Streik der Seeleute, der sich auch auf andere Städte ausweitet und bis zum 3. Juli dauert. Am 19. Juni liegen in britischen Häfen bereits 180 Schiffe fest.

*Technik*

**Das Linienschiff »Ersatz Heimdall«** läuft auf der Vulkanwerft in Hamburg vom Stapel. Prinzessin Alexandra Viktoria von Preußen, die Schwiegertochter des Kaisers, tauft das neue Kriegsschiff auf den Namen »Friedrich der Große«.

*Wetter*

**Geringe Niederschläge** prägen den Juni 1911. Nur 27 mm Regen messen die Meteorologen.

# Montag 10. Juni

*Gesellschaft*

**Zum Lordkanzler** wird der britische Kriegsminister Richard Burdon Haldane ernannt.

*Kultur*

**Das Komitee zur Gründung** eines österreichischen Werkbundes tagt im Vortragssaal des Österreichischen Museums für Kunst und Industrie.

*Politik*

**In Tibet verschärfen sich** die Unabhängigkeitskämpfe gegen chinesische Soldaten. Vertreter des Dalai Lama, der sich im Exil befindet, rufen in der Hauptstadt Lhasa zum verstärkten Widerstand gegen die Vorherrschaft der Chinesen auf. Die Oberen des Priesterstaats im Himalaya sehen in der unsicheren politischen Lage der noch jungen chinesischen Republik eine gute Gelegenheit für die Durchsetzung ihrer nationalen Interessen.

*Wetter*

**Ein schöner Sommermonat** lockt Spaziergänger in die Natur. Mit 17,4 °C liegt im Juni 1912 die mittlere Temperatur über dem langjährigen Durchschnitt von 16,5 °C. Die Niederschlagswerte sind etwas niedriger als gewöhnlich.

# Dienstag 10. Juni

*Technik*

**Das selten verliehene Ehrenzeichen** für Kunst und Wissenschaft erhält der 74jährige deutsche Luftschiffahrtspionier Graf Zeppelin vom österreichisch-ungarischen Kaiser Franz Joseph. Zeppelin konstruierte 1900 das erste lenkbare Starrluftschiff LZ 1.

*Technik*

**Einen Preis von 5000 Pfund** (102 000 Mark) setzt das britische Kriegsministerium für die beste britische Luftschiff-Konstruktion aus.

*Gesellschaft*

**Zum Ehrendoktor** der juristischen Fakultät wird der deutsche Botschafter in Washington, Johann Heinrich Graf von Bernstorff, von der 1746 gegründeten Universität von Princeton ernannt.

Die erste deutsche Blindengenossenschaft wird von der »Frankfurter Zeitung« in einem Bericht vorgestellt. Die Selbsthilfeorganisation soll vor allem die Benachteiligung blinder Handwerker bei dem Bezug von Rohstoffen und dem Warenvertrieb ausgleichen.

*Wetter*

**Warme Temperaturen** erfreuen die Menschen im Juni 1913. Das Thermometer klettert im Durchschnitt auf 17,2 °C. Nur 24 mm Regen fallen.

# Mittwoch 10. Juni

*Politik*

**Ein Schiedsgerichtsabkommen** zwischen der Schweiz und Großbritannien wird in Bern unterzeichnet. Es sieht die Schlichtung von bilateralen Streitfragen vor dem Internationalen Schiedsgerichtshof im niederländischen Den Haag vor.

*Technik*

**Die neue Stadthalle von Hannover** an der Eilenriede wird feierlich eingeweiht. Der von den Stuttgarter Architekten Paul Bonatz und Friedrich Scholer entworfene Bau kostete rd. 3,5 Mio. Mark. Nach ersten Planungen 1909 begannen am 1. Februar 1912 die Bauarbeiten zur Errichtung des 45 m hohen Rundbaus, der einen Durchmesser von 80 m hat. Mittelpunkt der Stadthalle ist ein Kuppelsaal mit Sitzreihen, die in Form eines Amphitheaters angeordnet sind. Zusammen mit einer 9 m tiefen, auf Säulen ruhenden Galerie bestimmen sie das Ambiente dieses zentralen Veranstaltungsraumes.

*Wetter*

**Durchschnittliche Temperaturen** und Niederschläge prägen das Wetter im Juni 1914. Mit 72 mm Niederschlag liegt die Regenmenge leicht über dem langjährigen Mittelwert von 62 mm. Die monatliche Durchschnittstemperatur liegt bei 16,9 °C.

# 1915

## Donnerstag 10. Juni

*Gesellschaft*

**Mit 35 °C wird in Berlin** die höchste Juni-Temperatur seit dem Beginn der regelmäßigen Aufzeichnungen vor 150 Jahren gemessen.

*Politik*

**Die Gründung von** sog. Kriegsindustriekomitees wird auf dem Allrussischen Kongreß des Handels und der Industrie in Petrograd beschlossen. Die Komitees sollen für eine bessere Zusammenarbeit zwischen Regierung, Unternehmern und Arbeitern auf dem Rüstungssektor sorgen.

*Politik*

**Nach der Versenkung** der »Lusitania« durch ein deutsches U-Boot bekräftigt die US-Regierung in einer diplomatischen Note ihre Forderung nach Sicherheit von US-Bürgern auf unbewaffneten Handelsschiffen.

*Wetter*

**Herrlich warm und niederschlagsarm** ist der Juni 1915. Die Durchschnittstemperatur liegt in diesem schönen Sommermonat bei fast 20 °C.

### Stars der Jahre 1910–1919

**David Wark Griffith**
Filmregisseur
**Mary Pickford**
Filmschauspielerin
**Enrico Caruso**
Sänger
**Douglas Fairbanks**
Filmschauspieler
**Charlie Chaplin**
Filmschauspieler

# Samstag 10. Juni

Politik

**Ihre schärfste Mißbilligung** spricht die Philosophische Fakultät der Universität München Professor Friedrich Wilhelm Foerster aus. In einem Artikel hatte Foerster erklärt, die Bismarck'sche Politik habe letztendlich zum jetzigen Krieg geführt.

Sport

**Der Deutsche Fußball-Bund tagt** in Hannover. Die Delegierten beschließen die Wiederaufnahme der Spiele um den Kronprinzen-Pokal für regionale Auswahlmannschaften. Der Krieg hat den Fußballsport in Deutschland weitgehend zum Erliegen gebracht. Ein Großteil der Fußballspieler ist eingezogen, es mangelt an Bällen und Fußballschuhen. An die Austragung einer Deutschen Meisterschaft ist unter diesen trostlosen Bedingungen nicht zu denken.

Die Kriegsrohstoffabteilung im preußischen Kriegsministerium weist darauf hin, daß auch Billardtuch unter die Beschlagnahmeverordnung für Uniformstoffe fällt, weil sich daraus Kleidungsstücke fertigen lassen.

Wetter

**Relativ kühl und feucht** ist der Juni 1916. Mit 14,7°C liegt die mittlere Temperatur unter dem Durchschnitt. Die Regenmenge ist mit 92 mm deutlich höher als der langjährige Mittelwert von 62 mm.

## Sonntag 10. Juni

*Politik*

**Alle Getreidevorräte** sind im nördlichen Finnland aufgebraucht. Es herrscht eine Hungersnot.

*Politik*

**Die diplomatischen** Beziehungen zum Deutschen Reich bricht die Dominikanische Republik ab.

*Technik*

**Mit Aufräumarbeiten** sind die Menschen in der mittelamerikanischen Stadt San Salvador beschäftigt. Tags zuvor wurde der Ort durch ein Erdbeben vollständig zerstört. Über 100 000 Menschen fallen dem Unglück zum Opfer. Das agrarisch geprägte Land erwartet Hilfe vor allem von den USA.

### Rekorde 1910–1919

**Schwimmen:** H. Hebner (USA) – 1:20,8 min/100 m Rücken (1912)
**100 m:** Nina Popowa (RUS) – 13,1 sec (1913)
**Hochsprung:** C. Larson (USA) – 2,03 m (1917)
**Speerwerfen:** Jonni Myyrä (FIN) – 66,10 m (1919)

*Wetter*

**Heiße Temperaturen** und kaum Niederschlag kennzeichnen den Juni 1917. Die durchschnittliche Temperatur liegt bei über 20 °C, das langjährige Monatsmittel bei 16,5 °C. Bei nur 8 mm Niederschlag ist ein Regenschirm überflüssig.

# Montag 10. Juni

*Gesellschaft*

**In Irland unterzeichnen Frauen** ein Gelöbnis, in dem sie schwören, keine Arbeiten von Männern zu verrichten, die gewaltsam rekrutiert wurden.

*Kultur*

**Die Abgabe von knappem Brotgetreide** an Brauereien bedauert der deutsche Guttemplerorden. Der Orden wurde 1852 zur Bekämpfung des Alkoholismus gegründet.

Die Herrenkleidung wird sportlicher. Dazu gehört der weiche Hut

*Politik*

**Nach Ablauf der** »Feldzeichnungsfrist«, einer Verlängerung der Frist für die achte Kriegsanleihe, beläuft sich deren Endergebnis auf nahezu 15 Mrd. Mark. Mit den Anleihen wird Geld von Privatpersonen und Gesellschaften, die Schuldverschreibungen des Reiches erwerben konnten, für den Kriegseinsatz frei.

*Wetter*

**Ungewöhnlich kühl** ist der Juni 1918. Mit 13,9 °C liegt die mittlere Temperatur 2,6 °C unter dem langjährigen Durchschnittswert.

# Dienstag 10. Juni

*Politik*

**Der 26. Parteitag der MSPD** beginnt in Weimar. Auf der bis zum 14. Juni dauernden Veranstaltung wird vor allem über die Zukunft des Rätesystems im Deutschen Reich und die Reichsverfassung beraten. Am letzten Tag der Versammlung werden Hermann Müller und Otto Wels zu Parteivorsitzenden gewählt.

Das praktische Sportkleid für die Jagd und für Bergtouren

*Gesellschaft*

**Die Streiks der Metallarbeiter,** Straßenbahn- und Metroangestellten sowie der Elektrizitätsarbeiter beeinträchtigt das Leben in Frankreich. Ursache der Streikbewegung sind der Widerstand der Arbeitgeber gegen die Einführung des achtstündigen Arbeitstages und die ständige Verteuerung von Lebensmitteln. Weitere Forderungen der Streikenden sind die Demobilmachung und die Beschleunigung der Friedensverhandlungen.

*Wetter*

**Mit 15,9 °C etwas kühler** als der langjährige Mittelwert von 16,5 °C ist der Juni 1919. Die Meteorologen messen 61 mm Niederschlag.

# 1920-1929

## Highlights des Jahrzehnts

### 1920

- Prohibition: Alkoholverbot in den USA
- NSDAP verabschiedet ihr Programm
- Kapp-Putsch scheitert
- Erstmals Salzburger Festspiele

### 1921

- Alliierte besetzen das Rheinland
- Hitler wird NSDAP-Vorsitzender
- Hormon Insulin entdeckt
- Rudolph Valentino wird Frauenidol
- Vertrag von Sèvres bedeutet Ende des Osmanischen Reichs

### 1922

- Hungersnot in Rußland
- »Deutschlandlied« wird zur Nationalhymne erklärt
- Mussolinis Marsch auf Rom
- Gründung der UdSSR
- Grab des Tutanchamun entdeckt
- Deutsch-russische Annäherung durch Vertrag von Rapallo
- Gründung der BBC
- Johnny Weissmuller stellt über 100 m Kraul den ersten seiner 67 Weltrekorde auf (58,6 sec)

### 1923

- Franzosen besetzen Ruhrgebiet
- Hitlers Putschversuch scheitert
- Währungsreform beendet Inflation im Deutschen Reich
- Die Türkei wird Republik

### 1924

- Erstmals Olympische Winterspiele
- Revolutionsführer Lenin stirbt
- Dawes-Plan lockert finanzielle Zwänge für Deutschland
- VIII.Olympische Spiele: Läufer Paavo Nurmi gewinnt 5 Goldmedaillen

### 1925

- Einparteiendiktatur in Italien
- Neugründung der NSDAP
- Hindenburg wird nach dem Tod Eberts Reichspräsident
- Europäische Entspannung durch Locarno-Pakt
- Joséphine Baker wird im Bananenröckchen zum Weltstar

### 1926

- Japans Kaiser Hirohito besteigt den Thron
- Militärputsch Pilsudskis in Polen
- Walt Disneys Mickey Mouse erblickt das Licht der Welt
- Deutschland im Völkerbund

### 1927

- Stalin entmachtet politische Gegner
- Charles Lindbergh überfliegt den Atlantik
- Uraufführung des Films »Metropolis« von Fritz Lang

### 1928

- Briand-Kellogg-Pakt zur Kriegsächtung unterzeichnet
- Alexander Fleming entdeckt das Penicillin
- »Dreigroschenoper« von Brecht und Weill uraufgeführt
- Erste Transatlantik-Fluglinie

### 1929

- Youngplan regelt Reparationen
- »Schwarzer Freitag« in New York löst Weltwirtschaftskrise aus
- Erste Oscar-Verleihung in Hollywood
- Antikriegs-Roman »Im Westen nichts Neues« von Erich Maria Remarque

**Der Charleston erobert in den 20er Jahren weltweit die Tanzsäle**

# Donnerstag 10. Juni

*Politik*

**Kiew wird von polnischen Truppen** geräumt. Aufgrund der Mitte Mai begonnenen sowjetischen Gegenoffensive sieht sich Polen im Krieg mit Rußland zu diesem Rückzug gezwungen. Der russische Marschall Semjon M. Budjonny durchbrach zuvor mit seiner Reiterarmee, zu der auch Josef W. Stalin gehörte, die polnischen Linien.

Eine der bedeutendsten deutschen Ausstellungen des Jahres wird in Darmstadt eröffnet. Die Schau »Deutscher Expressionismus« zeigt Werke von Emil Nolde, Ernst Barlach, Paul Klee, Wassily Kandinsky und Pablo Picasso.

*Gesellschaft*

**Eine provisorische Verfassung** nimmt die litauische »Konstituierende Versammlung« in Kowno an. Sie erklärt Litauen endgültig zu einer demokratischen Republik und etabliert praktisch die Alleinherrschaft der konstituierenden Versammlung für eine Übergangszeit. Damit wird in dem baltischen Land die alte Verfassung von 1919 abgelöst.

*Wetter*

**Mit 15,5 °C** ist der Juni 1920 im Schnitt um 1 °C kühler als gewöhnlich. Wärmende Kleidung sollte bei einem Spaziergang nicht fehlen. 48 mm Niederschlag (Durchschnitt: 62 mm) gestatten es, den Regenmantel etwas häufiger zu Hause zu lassen.

# Freitag 10. Juni

*Politik*

**Steuererhöhungen kündigt** Reichswirtschaftsminister Robert Schmidt (SPD) an. Er teilt in Berlin mit, daß sowohl die Umsatzsteuer als auch die Kohlensteuer erhöht werden müssen, um die alliierten Reparationsforderungen begleichen zu können.

*Gesellschaft*

**Die Abschaffung der Tabaksteuer** fordert der Arbeitnehmervertreter Wilhelm Fürstenberg bei einer Tagung des Reichswirtschaftsrats, einem Gremium aus Arbeitgebern und Gewerkschaftern. Damit soll der Absatz in diesem Industriezweig gesteigert werden. Zur Zeit seien 77 000 Arbeiter in der Zigarrenindustrie arbeitslos.

*Gesellschaft*

**2,2 Mio. Arbeiter** sind nach Angaben des britischen Arbeitsministeriums derzeit durch den anhaltenden Bergarbeiterstreik ohne Beschäftigung.

*Wetter*

**Kühl und regnerisch** präsentiert sich der Juni 1921. Die mittlere Lufttemperatur liegt mit 15,0 °C deutlich unter dem Mittelwert. Fast 20 mm mehr Regen als gewöhnlich messen die Meteorologen.

# Samstag 10. Juni

*Politik*

**Ohne ein Ergebnis** endet in der französischen Hauptstadt Paris die am 24. Mai begonnene Tagung des internationalen Anleiheausschusses. Frankreich war zu keiner Begrenzung der deutschen Verpflichtungen bereit, so daß keine Grundlagen für mögliche Anleihen geschaffen wurden. Auf der Zusammenkunft von Vertretern der Weltfinanz sollte vorrangig geklärt werden, unter welchen Voraussetzungen dem Deutschen Reich internationale Kredite in Höhe von mehreren Milliarden Mark zur Verfügung gestellt werden könnten.

*Gesellschaft*

**Die Veröffentlichung einer Denkschrift** über die bisherigen Kosten für die Besatzungstruppen löst im Deutschen Reich heftige Diskussionen aus. Die deutsche Regierung hat tags zuvor bekanntgegeben, daß seit dem Waffenstillstand von 1918 bis 1922 insgesamt 5,5 Mrd. Goldmark und 14 Mrd. Papiermark aufgewendet werden mußten.

*Wetter*

**Geringe Niederschläge** und eine durchschnittliche Temperatur um 16,5 °C kennzeichnen den Juni 1922. Die Regenmenge liegt mit 31 mm nur halb so hoch wie der langjährige Mittelwert von 62 mm.

# Sonntag 10. Juni

*Sport*

**Deutscher Fußballmeister** wird der Hamburger SV durch einen 3:0-Sieg über Union Oberschöneweide. Die Zuschauerzahl im Berliner Grunewaldstadion erreicht die Rekordhöhe von 64 000.

*Sport*

**Sieger des Giro d'Italia** wird der Italiener Costante Giradengo. Am 23. Mai war die Radwettfahrt gestartet worden.

*Politik*

**Der Belagerungszustand** wird über Dortmund verhängt. Anlaß für diese Maßnahme der Besatzungsbehörde ist der Mord an zwei französischen Feldwebeln. Zahlreiche Dortmunder werden verhaftet.

### Stars der 20er Jahre

**Buster Keaton**
Filmschauspieler
**Johnny Weissmuller**
Schwimmer
**Rudolph Valentino**
Filmschauspieler
**Joséphine Baker**
Tänzerin
**Charles Lindbergh**
Flieger

*Wetter*

**Kaltes und regnerisches Wetter** bestimmt den Juni 1923. Die monatliche Durchschnittstemperatur liegt bei 11,8 °C, während der langjährige Mittelwert 16,5 °C beträgt. Es fallen 14 mm mehr Niederschläge als im statistischen Mittel.

# Dienstag 10. Juni

*Politik*

**Seinen Rücktritt verkündet Frankreichs** Staatspräsident Alexandre Millerand. Da sich die Linksparteien, die seit der Wahl vom 11. Mai über die Mehrheit verfügen, weigern, mit dem konservativen Präsidenten zusammezuarbeiten, bleibt Millerand nur der Rücktritt von seinem Amt.

*Gesellschaft*

Tiefe Taille und schmale Silhouette: Mode im Zeichen von Art déco

**Tirana, die Hauptstadt Albaniens,** wird von den Aufständischen unter Metropolit Fan S. Noli eingenommen. Achmed Zogu, Führer der regierenden moslemisch-konservativen Kreise, gegen die sich die griechisch-orthodoxe Opposition erhoben hat, flieht ins Ausland.

*Kultur*

**Der Deutsche Lehrerverein** trifft sich zur 23. Versammlung in Breslau, um aktuelle Themen zu diskutieren.

*Wetter*

**Der mit 16,4 °C** durchschnittlich warme Juni 1924 zeichnet sich durch geringe Regenneigung aus.

# Mittwoch 10. Juni

Politik

**Der Aufstand der Rifkabylen** ist das wichtigste Thema des französischen Ministerpräsidenten Paul Painlevé, der in der marokkanischen Hauptstadt Rabat eintrifft. Hier will der Politiker die Möglichkeiten einer erfolgreichen Bekämpfung der aufständischen Marokkaner im Rifgebiet sondieren.

Vornehm und doch lässig: Burberry aus imprägniertem Baumwollstoff

Politik

**Die »Entwaffnungsnote«** der Alliierten vom 4. Juni steht im Mittelpunkt einer Debatte im Reichstag. In der Note werden die Verletzungen der Friedensvertragsbestimmungen von Versailles aufgezählt und eine weitere Entwaffnung als Voraussetzung für die Räumung der Kölner Zone von den Besatzungstruppen gefordert.

Wetter

**Etwas kühler als gewöhnlich** präsentiert sich der Juni 1925. Mit 15,4 °C liegt die Temperatur mehr als 1 °C unter dem Durchschnittswert. Ein Lichtblick ist, daß auch die Niederschlagsmenge mit 45 mm unter dem Durchschnitt bleibt.

## Donnerstag 10. Juni

*Politik*

**Zu seiner ersten Sitzung** tritt in Kairo das neugewählte Parlament zusammen. In einer Thronrede, die vom neuen Ministerpräsidenten Adli Jegen Pascha vor dem Parlament verlesen wird, erklärt der ägyptische König Fuad I., daß sich die Regierung um eine gute Zusammenarbeit mit Großbritannien bemühen werde. Ägypten ist seit 1922 formal eine unabhängige Monarchie. Die ehemalige Kolonialmacht Großbritannien besitzt jedoch militärische Rechte. Die Parlamentswahlen hatte die Unabhängigkeitspartei gewonnen.

*Politik*

**In den Kämpfen zwischen italienischen** Kolonialtruppen und der Bevölkerung der Cyrenaika - dem heutigen Libyen - hat die italienische Armee mehrere Lagerstätten der Aufständischen zerstört. Dabei sind 168 Personen getötet worden.

*Wetter*

**Im völlig verregneten** Juni 1926 ist der Regenschirm das wichtigste Ausgeh-Utensil. Mit 127 mm Niederschlag fällt mehr als doppelt so viel Regen als gewöhnlich. Die Durchschnittstemperatur liegt mit 15,2 °C deutlich unter dem langjährig errechneten Mittelwert von 16,5 °C.

# 1927

## Freitag 10. Juni

*Politik*

**Parker Gilbert, der US-amerikanische** Reparationsagent, der die Zahlungen des Deutschen Reichs im Rahmen des Dawes-Plans überwacht, legt seinen Halbjahresbericht vor. Der Reparationsplan sei von der deutschen Seite voll eingehalten worden und habe die Stabilität der deutschen Währung nicht gefährdet, berichtet er.

*Gesellschaft*

**Der schweizerische Ständerat,** die erste Kammer des eidgenössischen Parlaments, fordert den Bundesrat - die Regierung - in einer Entschließung dazu auf, energische Maßnahmen gegen das Eindringen bolschewistischer Organisationen in die Schweiz zu ergreifen. Eine Anerkennung der Sowjetunion wird vom Parlament strikt abgelehnt.

**Preise in den 20er Jahren**

| | |
|---|---|
| 1 kg Butter | 3,60 |
| 1 kg Mehl | 0,50 |
| 1 kg Fleisch | 2,50 |
| 1 Ei | 0,20 |
| 10 kg Kartoffeln | 0,80 |
| Stundenlohn | 0,93 |

in RM, Stand 1926 (ohne Inflationsjahre)

*Wetter*

**Als kühler und feuchter** Monat präsentiert sich der Juni 1927. Die Durchschnittstemperatur liegt bei nur 14,1 °C, der Durchschnittswert immerhin bei 16,5 °C. Es fallen 96 mm Niederschlag.

# Sonntag 10. Juni

Sport

**Deutscher Meister im Schwergewichtsboxen** wird in Dortmund Ludwig Haymann. Er schlägt Franz Diener durch Aufgabe in der siebten Runde. Max Schmeling hat wegen einer USA-Reise auf die Titelverteidigung verzichtet. Im November gewinnt Schmeling seinen ersten Kampf in den USA gegen Joe Monte durch K.o.

Sport

**Mit dem »Frankfurter Wechsel«** läuft die Mannschaft von Eintracht Frankfurt in Halle mit 41,0 sec einen deutschen Rekord über 4 x 100 m. Trainer Otto Böer hat beim Stabwechsel, der erheblichen Anteil an dem Rekord hat, eine Neuerung eingeführt: Der Startläufer gibt den Stab von innen nach außen, der zweite Mann von außen nach innen und der dritte wieder von innen nach außen. Bisher war es üblich, daß der Läufer während des Laufs den Stab von einer Hand in die andere wechselte, so daß die Stabübergabe immer gleich erfolgte.

Wetter

**Einen kalten und niederschlagsarmen Monat** beschert der Juni 1928 den Urlaubern. Die durchschnittliche Temperatur liegt mit 14,3 °C weit unter dem langjährigen Mittelwert von 16,5 °C.

# 1929

## Montag 10. Juni

*Kultur*

**Die Neuinszenierung der Operette** »Die Fledermaus« von Johann Strauß hat im Berliner Deutschen Theater Premiere. In der Rolle des Prinzen Orlofsky glänzt der Schauspieler Oskar Karlweis.

*Gesellschaft*

**König Fuad I. von Ägypten** beginnt seine Deutschlandreise mit einem Besuch bei Reichspräsident Paul von Hindenburg. Das deutsche Staatsoberhaupt betont in einer Tischrede die freundschaftliche Gesinnung der Deutschen gegenüber Ägypten.

### Rekorde in den 20er Jahren

**Schwimmen:** J. Weissmuller (USA) – 58,6 sec/ 100 m Freistil (1922)
**10 000 m:** P. Nurmi (FIN) – 30:06,1 min (1924)
**1500 m:** O. Peltzer (GER) – 3:51,0 min (1926)
**Kugelstoßen:** Emil Hirschfeld (GER) – 16,04 m (1928)

*Politik*

**Die 55. Tagung** des Völkerbundrates beginnt in Madrid. Sie dauert bis zum 15. Juni und behandelt Probleme der europäischen Minderheiten.

*Wetter*

**Kühl und regnerisch** ist der Juni 1929. Die Durchschnittstemperatur liegt mit 15 °C unter dem Mittelwert von 16,5 °C. Mit 111 mm Niederschlag regnet es fast doppelt so viel wie gewöhnlich.

# 1930–1939

## Highlights des Jahrzehnts

### 1930

- Mahatma Gandhi startet Salzmarsch
- Marlene Dietrich avanciert im Film »Der Blaue Engel« zum Weltstar
- Uruguay wird erster Fußballweltmeister
- Max Schmeling durch Disqualifikationssieg Boxweltmeister im Schwergewicht

### 1931

- Spanien wird Republik
- Vorführung des Ganzmetallflugzeugs »Ju 52« (»Tante Ju«)
- Empire State Building höchstes Gebäude der Welt
- Mafia-Boß Al Capone hinter Gittern

### 1932

- Staatsstreich in Preußen
- Wahlsieg der NSDAP
- Chaco-Krieg um Erdöl zwischen Bolivien und Paraguay
- Proklamation des Staates Saudi-Arabien

### 1933

- Adolf Hitler zum Reichskanzler ernannt
- Reichstagsbrand in Berlin
- Ermächtigungsgesetz in Kraft
- Deutsche Studenten verbrennen »undeutsche« Literatur

### 1934

- Nationalsozialistischer Volksgerichtshof gegründet
- »Röhm-Putsch« niedergeschlagen
- Mord an Bundeskanzler Dollfuß – Ende der 1. Republik Österreich
- Maos Kommunisten in China auf dem »Langen Marsch«

### 1935

- Judenverfolgung mit sog. Nürnberger Gesetzen
- Italien marschiert in Äthiopien ein
- Porsche baut Prototyp für VW »Käfer«
- Deutsch-britisches Flottenabkommen

### 1936

- Beginn des Spanischen Bürgerkriegs
- Volksfrontregierung in Frankreich
- Ausstellung »Entartete Kunst«
- XI. Olympische Spiele in Berlin zur NS-Propaganda genutzt
- Margaret Mitchell veröffentlicht »Vom Winde verweht«
- Schauprozesse in der UdSSR

### 1937

- Krieg zwischen Japan und China
- Georg VI. in London gekrönt
- Zeppelin LZ »Hindenburg« explodiert in Lakehurst
- Niederländische Kronprinzessin Juliana heiratet Prinz Bernhard

### 1938

- »Anschluß« Österreichs ans Deutsche Reich
- Münchner Abkommen soll Hitler bezähmen
- Terror gegen Juden in der »Reichskristallnacht«
- Otto Hahn gelingt erste Atomspaltung

### 1939

- Deutsche Truppen marschieren in Prag ein
- Hitler-Stalin-Pakt
- Beginn des Zweiten Weltkrieges

◀ **Max Schmeling schreibt mit seinem Sieg über Joe Louis 1936 Boxgeschichte**

# Dienstag 10. Juni

*Technik*

**Die 4900 m lange Nebelhornbahn** - längste Seilbahn im Deutschen Reich - wird in Oberstdorf eingeweiht.

Figurbetonte Eleganz in den 30er Jahren: Kostüm aus Wollstoff mit Lederpaspeln

*Technik*

**Die »Achema VI«,** eine Ausstellung für chemisches Apparatewesen, wird in Frankfurt am Main eröffnet. 325 Aussteller zeigen bis zum 22. Juni Laborgeräte für die Industrie.

*Kultur*

**Die sog. Bildergalerie,** ein Nebengebäude des Potsdamer Schlosses Sanssouci, wird nach Renovierungsarbeiten für die Öffentlichkeit freigegeben. Das 1755 errichtete Gebäude gilt als einer der ersten Museumsbauten im Deutschen Reich.

*Wetter*

**Herrlich warm und nur wenig Regen** - so präsentiert sich der Juni 1930. Fast 20 °C beträgt die mittlere Lufttemperatur. Nur 22 mm Niederschlag messen die Meteorologen (Durchschnitt: 62 mm).

# Mittwoch 10. Juni

*Kultur*

**Der aus politischen Gründen** längere Zeit unter Hausarrest gestellte italienische Dirigent Arturo Toscanini verläßt Italien, um sich zunächst in die Schweiz und dann nach Bayreuth zu begeben.

*Politik*

**Der Ältestenrat des Reichstages** lehnt Anträge der NSDAP, DNVP und KPD auf Einberufung des Reichstages wegen der Notverordnung vom 5. Juni ab. Die Notverordnung »Zur Sicherung von Wirtschaft und Finanzen« sieht neue Sparmaßnahmen vor, um das Haushaltsdefizit des Reiches, der Länder und Gemeinden sowie die Fehlbeträge bei Arbeitsbeschaffungsprogrammen und Krisenhilfe zu decken. In einem Aufruf forderte die Reichsregierung zudem ein Ende der Reparationen.

Der Herr liebt es eher klassisch: Sommersakko aus hellem Fischgrät

*Wetter*

**Ein mit 16,4 °C durchschnittlich** warmer Sommermonat ist der Juni 1931. Die Niederschläge liegen mit 95 mm über dem Mittelwert von 62 mm. Regenkleidung ist bei Ausflügen notwendig.

# Freitag 10. Juni

*Kultur*

**»Kleiner Mann - was nun?«**, ein Roman von Hans Fallada, erscheint im Rowohlt-Verlag. Hauptfigur des sozialkritischen Werkes ist der Textilverkäufer Pinneberg. Zusammen mit seiner Frau wohnt er in einer Gartenlaube am Rande Berlins. Das Buch verfolgt den beruflichen und sozialen Abstieg des »kleinen Mannes« Pinneberg während der Wirtschaftskrise. Der 1893 in Greifswald geborene Fallada hatte u. a. als Buchhalter, Verlagsangestellter und Lokalreporter gearbeitet und bereits zwei erfolglose Romane veröffentlicht, bevor ihm 1931 der Roman »Bauern, Bonzen und Bomben« den Durchbruch brachte.

**Preise in den 30er Jahren**

| | |
|---|---|
| 1 kg Butter | 2,96 |
| 1 kg Mehl | 0,47 |
| 1 kg Fleisch | 1,60 |
| 1 l Vollmilch | 0,23 |
| 1 Ei | 0,10 |
| 10 kg Kartoffeln | 0,90 |
| 1 kg Kaffee | 5,33 |
| Stundenlohn | 0,78 |

in RM, Stand 1934

*Politik*

**Die Anhebung der Einfuhrzölle** um 35% beschließt das japanische Parlament in Tokio. Durch diese Maßnahme soll die heimische Industrie vor ausländischer Konkurrenz geschützt werden.

*Wetter*

**Über einen angenehm** trockenen Monat freuen sich die Urlauber im Juni 1932. Nur 29 mm Regen fallen.

# Samstag 10. Juni

*Politik*

**An der letzten Sitzung der SPD**-Reichstagsfraktion nehmen 73 von 120 Abgeordneten teil. Mit der Begründung, daß die Auslandsleitung der Partei auch vor »hoch- und landesverräterischen Unternehmungen gegen Deutschland und seine rechtmäßige Regierung« nicht zurückschrecke, wird die SPD von dem nationalsozialistischen Reichsinnenminister Wilhelm Frick am 22. Juni verboten.

*Politik*

**Wegen seiner Tätigkeit** als Sowjet-Kommissar im Wolga-Gebiet wird der Magdeburger Oberbürgermeister Ernst Reuter (SPD) erneut in »Schutzhaft« genommen. Die erste Verhaftung hatte im März stattgefunden. Am selben Tag werden mit Peter Graßmann, Theodor Leipart und Oswald Schumann die Führer des Allgemeinen Deutschen Gewerkschaftsbundes entlassen. Der ADGB hatte sich gegenüber dem NS-Staat für neutral erklärt.

*Wetter*

**Viel Niederschlag** bringt der Juni 1933. Mit insgesamt 101 mm Regen übertrifft er den langjährigen Durchschnittswert um fast 40 mm. Die mittlere Lufttemperatur von 15,8 °C liegt unter dem Monatsmittel von 16,5 °C.

## *Sonntag 10. Juni*

*Sport*

**Das Gastgeberland Italien** gewinnt in Rom die Fußballweltmeisterschaft mit einem 2:1-Sieg gegen die Mannschaft der Tschechoslowakei.

*Kultur*

**Die Familie Ullstein** verkauft auf massiven Druck des NS-Regimes den Rest ihrer Anteile am Berliner Ullstein Verlag an die Cautio GmbH, die im Auftrag des Reichspropagandaministeriums handelt.

*Politik*

**Durch Bundesgesetz** werden in Österreich die Standrechtsbestimmungen erweitert. Mit einer Verurteilung zum Tod muß rechnen, wer Sprengstoffattentate verabredet, wer Sprengstoff herstellt, verwahrt oder anschafft in der Absicht, ein Verbrechen zu begehen oder andere Personen mit Sprengstoff zu versorgen.

*Wetter*

**Einen warmen und trockenen Sommer** können die Menschen im Juni 1934 genießen. Mit 18,2 °C liegt die Lufttemperatur weit über dem Durchschnitt von 16,5 °C. Bei einem Normalwert von 62 mm registrieren die Meteorologen 14 mm Regen.

# Montag 10. Juni

*Gesellschaft*

**Die Selbsthilfeorganisation** »Alcoholics Anonymus« (Anonyme Alkoholiker) wird in New York gegründet. Bald entstehen auf der ganzen Welt ähnlich strukturierte Gruppen. Die Mitglieder, die voneinander nur die Vornamen zu wissen brauchen, wollen ihre Alkoholsucht bekämpfen.

*Politik*

**Die chinesische** Nanking-Regierung unter General Chiang Kai-shek erklärt sich auf Drängen der japanischen Regierung bereit, Truppen aus Nordchina abzuziehen. Die Forderung Japans nach Ernennung japanfreundlicher Verwaltungsbeamter wird abgelehnt. Damit setzt Japan seine jahrzehntealte Praxis imperialistischer Einflußnahme in China fort. Bereits 1915 hatte die chinesische Regierung auf Tokios »21 Forderungen« eingehen müssen.

**Stars der 30er Jahre**

**Louis Armstrong**
Trompeter
**Marlene Dietrich**
Filmschauspielerin
**Greta Garbo**
Filmschauspielerin
**Fred Astaire**
Tänzer/Schauspieler
**Sonja Henie**
Eiskunstläuferin

*Wetter*

**Von seiner sommerlichen Seite** zeigt sich der Juni 1935. Mit 18,8 °C liegt die Temperatur 2,3 °C über dem langjährigen Durchschnittswert.

# Mittwoch 10. Juni

*Politik*

**Kein Kontakt zu Moskaus Kommunisten:** Im Schweizer Nationalrat wird der von Kommunisten, Sozialdemokraten und Duttweiler-Gruppe eingebrachte Antrag abgelehnt, zur Sowjetunion diplomatische Beziehungen aufzunehmen.

*Politik*

**Ein Vierjahresplan** zur Bekämpfung der Arbeitslosigkeit wird in der Zweiten Kammer des polnischen Parlaments, dem Sejm, angenommen. Für Arbeitsbeschaffungsmaßnahmen werden für die nächsten vier Jahre 1,8 Mrd. Zloty bereitgestellt.

### Rekorde in den 30er Jahren

**200 m:** J. Carlton (AUS) – 20,6 sec (1932)
**Weitsprung:** Jesse Owens (USA) – 8,13 m (1935)
**Weitsprung:** Erika Junghans (GER) – 6,07 m (1939)
**400 m:** Rudolf Harbig (GER) – 46,0 sec (1939)

*Gesellschaft*

**Walter Ulbricht wird vom Zentralkomitee** der deutschen Exil-KPD in Paris zum Sekretär des Politbüros ernannt.

*Wetter*

**Ein überdurchschnittlich trockener** Sommermonat ist der Juni 1936, der mit 8 mm Niederschlag fast regenfrei ist. Die Temperatur liegt bei 18,2 °C.

## Donnerstag 10. Juni

*Technik*

**Pläne für große Baumaßnahmen** in Hamburg gibt der Reichsstatthalter Karl Otto Kaufmann in der Hansestadt bekannt. Danach sollen eine Hochhängebrücke und ein Hochhaus mit 60 Stockwerken (250 m Höhe) errichtet und das Elbufer großzügig ausgebaut werden.

*Politik*

**1,45 Mio. Menschen** sind nach einer amtlichen Statistik in Großbritannien ohne Arbeit. Das ist die niedrigste Arbeitslosenzahl seit Dezember 1929.

*Gesellschaft*

**Die dritte Reichstagung** der NS-Organisation »Kraft durch Freude« beginnt in Hamburg. In seiner Eröffnungsrede kündigt NSDAP-Organisationsleiter Robert Ley die Bereitstellung von 174 Mio. Reichsmark für die Erweiterung von Erholungseinrichtungen an.

*Wetter*

**Der Juni 1937 ist ein warmer Monat** mit einer Durchschnittstemperatur von 18,1 °C und einer geringen Niederschlagsmenge von 46 mm. Die Regenmenge liegt normalerweise bei 62 mm.

# Freitag 10. Juni

*Politik*

**Die vierte Reichstagung der NS-Organisation** »Kraft durch Freude« (KdF) beginnt in Hamburg. In einer programmatischen Rede kündigt Robert Ley, Leiter der Deutschen Arbeitsfront, Urlaubsfahrten auch nach Griechenland und Jugoslawien an. Der Kongreß endet mit einem großen Umzug am 12. Juni.

Fluch der Pharaonen? Die 1600 Jahre alte ägyptische Mumie einer Priesterin wird in London zum Stein des Anstoßes. Das Britische Museum muß die Leiche entfernen. Zahlreiche Besucher hatten sich beschwert, daß sich nach Betrachten der Mumie schwere Zwischenfälle in ihrem Leben ereignet hätten.

*Gesellschaft*

**Der Internationale Kongreß** der Werbewirtschaft tagt in Wien. Auf der Abschlußveranstaltung am folgenden Tag erklärt Reichspropagandaminister Joseph Goebbels, Propaganda sei für den Nationalsozialismus Erziehungsarbeit, »nicht nur für heute und morgen, sondern nach unserem Willen für Jahrzehnte und Generationen«.

*Wetter*

**Ein angenehm milder Sommermonat,** der eine Durchschnittstemperatur von 16,8 °C aufweist, ist der Juni 1938. Mit 28 mm Niederschlag liegt die Regenmenge deutlich unter dem langjährigen Mittel.

## *Samstag 10. Juni*

*Kultur*

**Der Neubau der 1460 gegründeten Universität** wird in Basel in einem feierlichen Akt eingeweiht.

*Politik*

**Der Wiener Volksgerichtshof** verurteilt sieben Mitglieder der Revolutionären Sozialisten Österreichs zu Gefängnis und Zuchthaus zwischen 18 und 30 Monaten.

*Politik*

**Einen Besuch in Danzig** beendet Viktor Lutze, Stabschef der Sturmabteilung (SA). Zum ersten Mal marschierten 6000 SA-Männer aus Danzig und Ostpreußen mit Stahlhelm und Gewehr durch die Straßen der Stadt, die im Versailler Vertrag zur »Freien Stadt« erklärt und unter den Schutz des Völkerbundes gestellt wurde. Mit Kriegsbeginn wird Danzig dem Deutschen Reich angegliedert.

*Wetter*

**Schönes Wetter beschert** der Sommermonat Juni 1939 den Ausflüglern. Die mittlere Temperatur beträgt 17,6 °C und damit etwas mehr als der Durchschnitt. Die Niederschlagsmenge liegt mit 57 mm leicht unter dem langjährigen Mittelwert.

# 1940–1949

## Highlights des Jahrzehnts

### 1940

- Deutscher Luftkrieg gegen Großbritannien
- Beginn der Westoffensive
- Winston Churchill neuer britischer Premierminister

### 1941

- Schottlandflug von Rudolf Heß
- Deutscher Überfall auf die Sowjetunion
- Japan greift Pearl Harbor an – Kriegseintritt der USA
- »Citizen Kane« von Orson Welles in den Kinos

### 1942

- Wannsee-Konferenz beschließt Judenvernichtung
- 6. Armee in Stalingrad eingeschlossen
- Beginn alliierter Luftangriffe auf deutsche Städte
- »Casablanca« mit Ingrid Bergman und Humphrey Bogart uraufgeführt

### 1943

- Goebbels propagiert den »totalen Krieg«
- Ende der Widerstandsgruppe »Weiße Rose«
- Aufstand im Warschauer Ghetto scheitert

### 1944

- Alliierte landen in der Normandie
- Stauffenberg-Attentat auf Hitler scheitert
- Charles de Gaulle wird Staatschef Frankreichs
- US-Präsident Franklin D. Roosevelt zum dritten Mal wiedergewählt

### 1945

- KZ Auschwitz befreit
- Bedingungslose Kapitulation Deutschlands
- Vereinte Nationen gegründet
- Beginn der Potsdamer Konferenz
- US-Atombomben zerstören Hiroschima und Nagasaki

### 1946

- Gründung der SED
- Nürnberger NS-Prozesse
- US-Atombombentests im Südpazifik
- Hilfe durch Care-Pakete aus den USA
- Französischer Kolonialkrieg in Vietnam

### 1947

- Marshallplan-Hilfe für Europa
- Indien feiert Unabhängigkeit von Großbritannien
- GATT regelt den Welthandel
- Thor Heyerdahls »Kon-Tiki«-Expedition erfolgreich

### 1948

- Mahatma Gandhi ermordet
- Währungsreform in Ost und West
- UdSSR verhängt Berlin-Blockade
- Staatsgründung Israels
- Korea gespalten
- UNO-Menschenrechtsdeklaration

### 1949

- Gründung der NATO
- Grundgesetz für die Bundesrepublik Deutschland verkündet
- Konrad Adenauer erster Bundeskanzler
- Proklamation der Deutschen Demokratischen Republik
- Chinesische Revolution

◀ **Charlie Chaplin als »Großer Diktator« (1940)**

# Montag 10. Juni

*Sport*

**Die für das Kriegsjahr 1940** geplanten Amateur-Boxweltmeisterschaften, die als Ersatz für die Olympischen Spiele dienen sollten, finden nach Angaben des Internationalen Amateur-Boxverbandes wegen zu geringer Beteiligung nicht statt.

*Politik*

**Italiens Ministerpräsident** Benito Mussolini erklärt Frankreich und Großbritannien den Krieg. Die Kriegserklärung kommt kurz vor der Entscheidung des deutschen Westfeldzugs in Frankreich. Tags darauf greift die italienische Luftwaffe zum ersten Mal britische Stützpunkte auf Malta an.

*Politik*

**Auf Anweisung König Håkons VII.** von Norwegen kapitulieren die nordnorwegischen Streitkräfte. Das Unternehmen »Weserübung« der deutschen Wehrmacht ist damit abgeschlossen.

*Wetter*

**Sonnenhungrige kommen bei** einer Durchschnittstemperatur von 19 °C und wenig Regen im Juni 1940 voll auf ihre Kosten. Der langjährige Temperatur-Mittelwert liegt bei 16,5 °C.

# Dienstag 10. Juni

Gesellschaft

**Höchstens drei Wochen Urlaub** dürfen Lehrer nach dem Erlaß von Reichserziehungsminister Bernhard Rust während der Sommerferien nehmen. In der restlichen Zeit müssen sie einen Pflichtdienst beim Luftschutz oder bei der NSDAP leisten.

Gesellschaft

**Einzelhandelsgeschäften** im Deutschen Reich wird es künftig nicht mehr gestattet, ihre Schaufenster mit Waren zu dekorieren, die unverkäuflich oder bereits verkauft sind. Diese bislang verbreitete Praxis hatte zu heftigem Unmut bei der Kundschaft geführt.

Das Tanzverbot wird im Deutschen Reich gelockert. Ab sofort dürfen an drei Tagen in der Woche Tanzvergnügen veranstaltet werden. Am 6. April waren alle Tanzveranstaltungen im Deutschen Reich verboten und allen Tanzlokalen die Konzessionen entzogen worden.

Politik

**Britische Truppen erobern Assab,** den letzten italienischen Hafen am Roten Meer.

Wetter

**Fast ideales Sommerwetter** beschert den Menschen im Juni 1941 fast 271 Sonnenstunden, bei einem langjährigen Durchschnitt von 244 Stunden.

# Mittwoch 10. Juni

*Politik*

**Die deutsch-italienischen Panzertruppen** in Nordafrika unter dem Befehl von Generaloberst Erwin Rommel erobern das Fort Bir Hacheim, den südlichsten Eckpfeiler der britischen Frontlinie. Unterstützt von Luftangriffen deutscher Sturzkampfbomber erstürmen deutsche und italienische Verbände am 21. Juni die britische Festung Tobruk und erzwingen die Kapitulation. 32 220 britische, südafrikanische und indische Soldaten geraten in Kriegsgefangenschaft. Den Eroberern fallen Vorräte an Verpflegung für 30 000 Mann für drei Monate und Tausende von Fahrzeugen in die Hände.

*Politik*

**Als Vergeltung für das Attentat** auf den stellvertretenden Reichsprotektor von Böhmen und Mähren, Reinhard Heydrich, machen Einheiten der deutschen Sicherheitspolizei den Ort Lidice dem Erdboden gleich.

*Wetter*

**Ein kühler Sommermonat** ist der Juni 1942. Mit einer durchschnittlichen Temperatur von 15,2 °C - mehr als 1 °C unter dem langjährigen Mittelwert - erfreut er die Urlauber aber dennoch mit immerhin insgesamt 242 Stunden Sonne.

# Donnerstag 10. Juni

*Politik*

**Die Alliierten beginnen** eine kombinierte Bomberoffensive mit Tagesangriffen der US-Luftflotte und Nachtbombardements durch britische Flugzeuge. Die Bekämpfung der deutschen Jägerstützpunkte setzen sie an die Spitze der Prioritätenliste ihrer Luftkriegsführung.

*Gesellschaft*

**Die Einrichtung eines Amtes** der Vereinten Nationen für den Wiederaufbau nach dem Krieg schlagen die Vereinigten Staaten ihren verbündeten Staaten vor.

*Kultur*

**Der Film »Die kluge Marianne«** mit Paula Wessely in der Titelrolle hat in Wien Premiere.

### Stars der 40er Jahre

**Humphrey Bogart**
Filmschauspieler
**John Wayne**
Filmschauspieler
**Katharine Hepburn**
Filmschauspielerin
**Hans Albers**
Filmschauspieler
**Joe Louis**
Boxer

*Wetter*

**Kaum Sonnenschein bringt der Juni 1943.** Nur 192 Stunden läßt sich die Sonne am Himmel sehen. Üblich sind 244 Stunden. Entsprechend niedrig ist mit 15,8 °C die durchschnittliche Lufttemperatur, die im langjährigen Mittel bei 16,5 °C liegt.

# Samstag 10. Juni

*Politik*

**Untergrundkreise aus Albanien** teilen die Bildung einer »Nationalen Befreiungsarmee« mit, der etwa 20 000 bewaffnete Partisanen angehören und die von den Alliierten mit Waffen und Munition versorgt werden soll. Albanien verfügt nun neben der »Nationalen Front« und der Untergrundvereinigung von Major Abas Kupi über eine dritte einflußreiche Widerstandsorganisation.

*Politik*

**Aus Oberitalien wird sechs Tage** nach dem Einmarsch der Alliierten in die Hauptstadt Rom eine starke Zunahme der Partisanentätigkeit gemeldet. Italienische Untergrundkämpfer verüben zahlreiche Anschläge auf Verkehrswege.

*Politik*

**Verbände der »Schutzstaffel« (SS)** zerstören den französischen Ort Oradour-sur-Glane als Vergeltung für die Entführung eines SS-Offiziers.

*Wetter*

**Wenig sonnig und etwas kühl** ist der Juni 1944. Die Durchschnittstemperatur liegt 0,7 °C unter dem Mittelwert. Die Sonne scheint 175 Stunden.

# Sonntag 10. Juni

*Politik*

**Parteien und Gewerkschaften** werden in der sowjetischen Besatzungszone zugelassen.

*Politik*

**Die »Gruppe der Sowjetischen** Besatzungsstreitkräfte in Deutschland« (GSBD) wird in Potsdam bei Berlin gebildet. Sie untersteht dem Befehl von Marschall Georgi K. Schukow.

*Gesellschaft*

**Eine Botschaft richtet** der Oberbefehlshaber der britischen Besatzungstruppen, Feldmarschall Bernard Law Montgomery, an das deutsche Volk. Er bekräftigt das Kontaktverbot zwischen britischen Soldaten und deutscher Zivilbevölkerung.

*Wetter*

**Angenehmes Wetter** herrscht im Juni 1945. Viele Menschen haben allerdings andere Sorgen und sind deshalb froh, wenn ihnen das Wetter in diesem Monat keine zusätzlichen Unannehmlichkeiten beschert.

**Rekorde in den 40er Jahren**

**5000 m:** G. Hägg (SWE) – 13:58,2 min (1942)
**Hochsprung:** Fanny Blankers-Koen (HOL) – 1,71 m (1943)
**Marathon:** Suh Yun Bok (KOR) – 2:25:39 h (1947)
**Speerwerfen:** Natalia Smirnizkaja (URS) – 53,41 m (1949)

# Montag 10. Juni

*Kultur*

**Der erste Preis in** einem Literaturwettbewerb, den US-amerikanische Stellen unter deutschen Kriegsgefangenen veranstaltet haben, wird dem deutschen Schriftsteller Walter Kolbenhoff zugesprochen. Der 38jährige erhält die Auszeichnung für seinen Roman »Von unserem Fleisch und Blut«, den er in Gefangenschaft geschrieben hat. In seinem Manuskript setzt er sich mit der nationalsozialistischen Vergangenheit Deutschlands auseinander.

*Gesellschaft*

**Bhumibol Adulyadej wird** in Bangkok als Rama IX. zum König von Thailand ausgerufen. Er tritt damit die Nachfolge seines Bruders an, der am Vortag von Unbekannten ermordet wurde. Thailand ist eines der wenigen unabhängigen Länder Südostasiens. Es hatte während des Weltkriegs an der Seite Japans gekämpft, jedoch am 1. Januar 1946 mit Großbritannien einen Friedensvertrag geschlossen.

*Wetter*

**Ein verregneter Juni 1946** macht die Hoffnungen auf sonnige Frühsommertage zunichte. Mit 119 mm Niederschlag wird der Mittelwert von 62 mm um fast das Doppelte überboten. Schwacher Trost: Die Temperatur liegt mit 16,5 °C im Durchschnitt.

# Dienstag 10. Juni

*Politik*

**Die größte Weizenernte** in der gesamten US-amerikanischen Geschichte kann die Landwirtschaft der Vereinigten Staaten verbuchen. Eine entsprechende Bekanntmachung veröffentlicht das US-Landwirtschaftsministerium.

*Gesellschaft*

**Bei einer Großrazzia** beschlagnahmt die Polizei auf dem Bahnhof von Neustadt an der Dosse in der Ostzone 20 000 Eier, 125 kg Butter sowie große Mengen Mehl und Kartoffeln.

**Preise in den 40er Jahren**

| | |
|---|---|
| 1 kg Butter | 3,50 |
| 1 kg Mehl | 0,45 |
| 1 kg Fleisch | 1,60 |
| 1 l Vollmilch | 0,26 |
| 1 Ei | 0,12 |
| 10 kg Kartoffeln | 1,00 |
| 1 kg Zucker | 0,76 |
| Stundenlohn | 0,81 |

in RM, Stand 1943

*Gesellschaft*

**Streik in Frankreich:** Den fünften Tag sind die Eisenbahner im Ausstand. Der Streik bringt den gesamten Eisenbahnverkehr zum Erliegen.

*Wetter*

**Eine rekordverdächtige Hitzewelle** macht den Menschen schwer zu schaffen. In Deutschland werden 1947 die höchsten Juni-Temperaturen seit 60 Jahren gemessen.

## Donnerstag 10. Juni

*Politik*

**Die internationale Seerechtscharta** wird in London von 33 Ländern unterzeichnet.

*Politik*

Das Extravagante an diesem Sommerkleid – der mit Tapeziernägeln besetzte Gürtel

**2201 Kampfflugzeuge wollen** die USA anschaffen. US-Verteidigungsminister James Forrestal gibt die Bestellung im Wert von 1,345 Mrd. US-Dollar in Washington bekannt. Durch diese Investition soll die US-Luftwaffe modernisiert und die Kampfkraft erhöht werden. Zu den geplanten Neuanschaffungen gehören u.a. 1405 Düsenjäger und 553 Transportflugzeuge.

*Technik*

**Der dänische Passagierdampfer** »Kjoebenhavn« läuft auf eine Mine aus dem Zweiten Weltkrieg. Von den 400 Passagieren werden 259 gerettet.

*Wetter*

**Südländisches Flair erhält der Juni 1948** durch seine Temperaturen, die im monatlichen Durchschnitt um 1 °C über dem langjährigen Mittel liegen.

# Freitag 10. Juni

*Politik*

**Der erste ordentliche Parteitag** der Freien Demokratischen Partei (FDP) beginnt in Bremen. Die FDP war im Dezember 1948 aus verschiedenen liberalen Landesparteien entstanden. Die 190 Parteitagsdelegierten wählen im Verlauf der dreitägigen Veranstaltung fast einstimmig Theodor Heuss zum FDP-Vorsitzenden. Stellvertreter wird Franz Blücher. Außerdem werden 17 Beschlüsse zu innen- und wirtschaftspolitischen Fragen gefaßt.

*Gesellschaft*

**Die »Katholische Aktion«** wird in Prag auf Initiative von Transportminister Alois Petr gegründet. Sie erkennt den Papst als Oberhaupt der Kirche und Autorität in Fragen der Religion und der Moral an, lehnt aber eine Einmischung der Kirche in innerstaatliche Angelegenheiten ab.

Das Modemagazin »Esquire« stellt diese Abendmode für den Herrn vor

*Wetter*

**Deutschland und ganz Europa** stöhnen im Juni 1949 unter einer Hitzewelle mit Spitzenwerten von über 30 °C, die bis in den Juli hinein anhält. In manchen Regionen herrscht Wasserknappheit.

# 1950–1959

## Highlights des Jahrzehnts

### 1950

- Ausbruch des Koreakrieges
- Abschaffung der Lebensmittelmarken in Deutschland

### 1951

- Debatte um die Wiederaufrüstung Deutschlands
- Skandal um Hildegard Knef als »Sünderin«
- Erster Schritt zur europäischen Einigung: Montanunion perfekt
- Der persische Schah Mohammed Resa Pahlewi heiratet Soraya

### 1952

- Helgoland wieder unter deutscher Verwaltung
- Staatsstreich in Ägypten
- DDR riegelt Grenze ab
- Dwight D. Eisenhower wird zum 34. US-Präsidenten gewählt
- USA zünden Wasserstoffbombe
- In Deutschland bricht das Fernsehzeitalter an

### 1953

- Tod des sowjetischen Diktators Josef Stalin
- Volksaufstand in der DDR
- Elisabeth II. zur Königin von Großbritannien und Nordirland gekrönt
- Mount Everest: Höchster Berg der Welt bezwungen

### 1954

- Französische Niederlage in Vietnam
- Deutschland wird in Bern Fußballweltmeister
- Beginn des Algerienkrieges
- Mit »That's alright Mama« beginnt der Aufstieg von Elvis Presley

### 1955

- Die Bundesrepublik wird ein souveräner Staat
- Gründung des Warschauer Paktes
- Tragischer Tod von James Dean
- Erste »documenta«

### 1956

- Traumhochzeit von Grace Kelly und Rainier III. von Monaco
- Volksaufstand in Ungarn
- Suezkrise führt zu Nahostkrieg
- Musical »My Fair Lady« beginnt seinen Siegeszug um die Welt

### 1957

- Gründung der EWG
- »Sputnik-Schock« bildet Auftakt zu Wettlauf im All
- Heinz Rühmann als »Hauptmann von Köpenick« gefeiert
- Erste Massenimpfung gegen Kinderlähmung

### 1958

- De Gaulle und Adenauer begründen deutsch-französische Freundschaft
- Rock 'n' Roll-Fieber grassiert weltweit
- Pelé – Star der Fußballweltmeisterschaft in Schweden
- Atomium ist Wahrzeichen der Weltausstellung in Brüssel

### 1959

- Fidel Castro übernimmt die Macht in Kuba
- Hula-Hoop-Welle schwappt aus den USA nach Europa
- Premiere des Marilyn-Monroe-Films »Manche mögen's heiß«
- Erste Bilder von der Rückseite des Mondes

◀ **Rock around the clock: Bill Haley (vorn) »erfindet« den Rock 'n' Roll**

# Samstag 10. Juni

Kultur

**Das mit 22 000 Plätzen weltweit** größte Freilichtkino wird mit der deutschen Erstaufführung des US-amerikanischen Farbfilms »Robin Hood, der König der Vagabunden« von 1938 in der Berliner Waldbühne eröffnet. die Projektionsfläche ist 165 Quadratmeter groß. Die Vorführgeräte sind in einem 180 m von der Leinwand entfernten Häuschen untergebracht.

Politik

**Herbert Blankenhorn** wird zum Leiter der Dienststelle für auswärtige Angelegenheiten im Bundeskanzleramt ernannt.

Politik

**In einer außenpolitischen Rede** beschuldigt der US-amerikanische Präsident Harry S. Truman die Sowjetunion des Imperalismus'.

Wetter

**Solides Sommerwetter mit wenig Niederschlag** und viel Sonnenschein lockt ins Freie zu Badeausflügen, Wanderungen und Radtouren. Die Durchschnittstemperatur liegt im Juni 1950 um 1,9 °C über dem langjährigen Mittelwert.

# Sonntag 10. Juni

*Technik*

**Die erste Internationale Messe** Druck und Papier (DRUPA) schließt in Düsseldorf ihre Pforten. 527 Aussteller aus neun Ländern informierten seit dem 26. Mai 195 185 Besucher.

*Politik*

**Als Nachfolger des verstorbenen** Hans Böckler nominiert der Bundesausschuß des Deutschen Gewerkschaftsbundes den Chef der IG Druck und Papier, Christian Fette.

*Politik*

**Den Amtseid legt die neue** Regierung Nepals ab. Die Machtverteilung beruht auf der Parität zwischen der indienfreundlichen Kongreßpartei und der Rana-Gruppe, der herrschenden Familie Nepals.

*Wetter*

**Angenehme Temperaturen** und Schauer sind im Juni 1951 an der Tagesordnung. Der Monat ist mit 17,2 °C im Durchschnitt 0,7 °C wärmer als im langjährigen Mittel.

### Rekorde in den 50er Jahren

**Kugelstoßen:** Jim Fuchs (USA) – 17,95 m (1950)
**10 000 m:** Emil Zátopek (TCH) – 28:54,6 min (1954)
**800 m:** R. Moens (BEL) – 1:45,7 min (1955)
**Eisschnellauf:** Eugen Grischin (URS) – 1000 m in 1:22,8 min (1955)

# 1952

## Dienstag 10. Juni

*Politik*

**Bei dem Versuch** US-amerikanischer Truppen, die großen Kriegsgefangenenlager auf der koreanischen Insel Koje in kleinere und damit besser kontrollierbare Einheiten aufzuteilen, kommt es zu blutigen Auseinandersetzungen mit den Gefangenen, bei denen 32 Menschen sterben. Im September kommt es erneut zu blutigen Unruhen in den Gefangenenlagern. Bereits im Mai wurde Lagerkommandant Francis T. Dodd 78 Stunden lang von den Gefangenen als Geisel genommen. Die Kriegsgefangenen-Frage blockiert Verhandlungen zwischen den verfeindeten Parteien im Koreakrieg.

**Preise in den 50er Jahren**

| | |
|---|---|
| 1 kg Butter | 6,75 |
| 1 kg Mehl | 0,76 |
| 1 kg Fleisch | 5,01 |
| 1 l Vollmilch | 0,40 |
| 1 Ei | 0,23 |
| 10 kg Kartoffeln | 2,14 |
| 1 kg Kaffee | 21,40 |
| Stundenlohn | 1,96 |

in DM, Stand 1955

*Gesellschaft*

**Die Aufhebung der Preisbindungen** und des Mieterschutzes bei Geschäftsräumen billigt der Deutsche Bundestag in Bonn.

*Wetter*

**Etwas feuchter als der langjährige Mittelwert** verheißt, ist der Juni 1952. Die Regenmenge liegt mit 74 mm um 12 mm höher als der Durchschnitt.

# Mittwoch 10. Juni

*Gesellschaft*

**Die DDR-Regierung** unter Ministerpräsident Otto Grotewohl und Vertreter der evangelischen Kirche verständigen sich auf eine Beendigung ihres Konflikts. Die Regierung erklärt sich bereit, das kirchliche Leben zu respektieren, die Kirche sichert zu, keinen Einfluß auf die Politik zu nehmen.

*Politik*

**Für eine Vier-Mächte-Konferenz** über das Deutschland-Problem spricht sich der Bundestag aus. Auf der Tagung solle die Abhaltung freier Wahlen, die Bildung einer gesamtdeutschen Regierung und der Abschluß eines Friedensvertrages vorbereitet werden.

*Politik*

**Die I. G. Farben werden vom Frankfurter** Landgericht zur Zahlung eines Schmerzensgeldes an einen ehemaligen Zwangsarbeiter verurteilt. Der Prozeß gilt als Musterprozeß für Entschädigungsansprüche früherer KZ-Häftlinge.

*Wetter*

**Heftige Regenfälle** charakterisieren den Juni 1953. Die Temperaturen sind höher als normal.

## Donnerstag 10. Juni

*Technik*

**Ein neues Wasserkraftwerk** wird in Simbach am Inn eingeweiht. Die als Gemeinschaftsprojekt von Österreich und Bayern gebaute Staustufe hat 120 Mio. DM gekostet und wird jährlich eine halbe Milliarde Kilowattstunden Strom liefern.

*Gesellschaft*

**Die Sterblichkeit bei Lungenentzündung** ist in Deutschland seit 1934 um fast 25% gesunken. Dies belegen amtliche Statistiken, die auf dem dritten Kongreß für ärztliche Fortbildung in West-Berlin vorgelegt werden.

*Politik*

**Der Ausnahmezustand wird über** die mexikanische Provinz Sonora verhängt. Anlaß ist der Versuch von etwa 2000 Demonstranten, acht Untersuchungshäftlinge aus dem Gefängnis von Cananea zu befreien.

*Wetter*

**Typisches Juni-Wetter** mit Sonnen-Plus: Bei normalen Niederschlagsmengen von 62 mm scheint die Sonne 1954 mit 254 Stunden zehn Stunden länger als im langjährigen Mittelwert.

# Freitag 10. Juni

*Politik*

**Die Annahme des Freiwilligengesetzes,** das die Bundesregierung eingebracht hat, wird vom Bundesrat abgelehnt. Begründung: Die Bundesregierung müsse den Gesetzentwurf vervollständigen, um die rechtlichen Voraussetzungen für die Durchführbarkeit, d. h. die Einberufung von Freiwilligen, zu schaffen. Im Juli passiert die Grundlage für die im Aufbau befindliche Bundeswehr die parlamentarischen Hürden - ein vorläufiger Schlußpunkt in der Debatte um Wiederbewaffnung.

**Stars der 50er Jahre**

**Marilyn Monroe**
Filmschauspielerin
**James Dean**
Filmschauspieler
**Elvis Presley**
Sänger
**Sophia Loren**
Filmschauspielerin
**Brigitte Bardot**
Filmschauspielerin

*Technik*

**Der Ministerrat** des Europäischen Wirtschaftsrates beschließt auf einer Tagung in Paris die Bildung einer Arbeitsgruppe. Die Möglichkeiten einer europäischen Zusammenarbeit in der Erforschung der Kernenergie sollen geprüft werden.

*Wetter*

**Sonnenschein, aber niedrige Temperaturen** bringt der Juni 1955. Die monatliche Sonnenscheindauer summiert sich auf insgesamt 235 Stunden.

# Sonntag 10. Juni

*Technik*

**Die Westberliner Verkehrsbetriebe (BVG)** stellen ihre neuen U-Bahnzüge im Probelauf vor. Die Triebwagen sind bis zu 70 km/h schnell.

*Sport*

Stets korrekt und im Zweifelsfall eher weit geschnitten: Herrenmode in den 50ern

**Das achttägige olympische** Reitturnier beginnt in Stockholm. Aus tiermedizinischen Gründen mußte der Wettkampf von den Sommerspielen im australischen Melbourne abgekoppelt werden. Die deutsche Equipe wird mit zwei Gold-, drei Silber- und einer Bronzemedaille die erfolgreichste Mannschaft.

*Sport*

**Sieger des** Automobil-Langstreckenrennens Targa Florio auf Sizilien werden der Italiener Umberto Maglioli und der Deutsche Fritz Huschke von Hanstein auf Porsche.

*Wetter*

**Der Juni 1956 fällt total ins Wasser,** entsprechend rar macht sich die Sonne. Die Regenmenge liegt mit 102 mm weit über dem Monatsmittel (62 mm).

# Montag 10. Juni

*Politik*

**Eine kurze Amtszeit verbucht** der italienische Ministerpräsident Adone Zoli. Der erst seit dem 19. Mai amtierende Premier reicht seinen Rücktritt ein, nachdem er am Tag zuvor eine Vertrauensabstimmung im Parlament nur durch die Stimmen der von ihm abgelehnten Neofaschisten gewinnen konnte.

*Gesellschaft*

**Eine Verkaufswelle** an der New Yorker Börse löst die Nachricht von der Erkrankung des US-Präsidenten Dwight D. Eisenhower aus. Führende Papiere sinken um bis zu fünf US-Dollar. Eisenhower leidet an einer Magenstörung.

Für eine gute Figur auf der Tanzfläche: Kleid aus Chiné-Taft

*Politik*

**Der Wahlsieg** der Konservativen Partei beendet die 22jährige Herrschaft der Liberalen in Kanada. Neuer Premier wird John Diefenbaker.

*Wetter*

**Eine Hitzewelle setzt** im Juni 1957 ein. An insgesamt 15 Tagen bringt sie Temperaturen von über 30 °C.

# Dienstag 10. Juni

*Politik*

**Ein radikales Abrüstungsabkommen** befürwortet Verteidigungsminister Duncan Sandys vor dem britischen Unterhaus. Statt der von Ost und West angestrebten stufenweisen Reduzierung der Waffenarsenale sollte ein umfassendes Abkommen zum Abbau der Kriegswaffen geschlossen werden, das auf den Prinzipien und Verpflichtungen der Charta der Vereinten Nationen basiert.

*Gesellschaft*

**Der Zentrale Wohlfahrtsausschuß** für Algerien und die Sahara fordert in einer Erklärung an den französischen Ministerpräsidenten Charles de Gaulle die Verschiebung der Gemeindewahlen in dem nordafrikanischen Land, die Aufhebung des Sonderstatus' Algeriens sowie die Auflösung der politischen Parteien. In scharfer Form weist de Gaulle die Erklärung am Tag darauf zurück.

*Wetter*

**Der Juni 1958 geizt mit Sonne,** er weist bei einem langjährigen Mittelwert von 244 nur 190 Sonnenstunden auf. Entsprechend ist der Monat mit 15,5 °C um 1 °C kühler als der Durchschnitt. Mit 75 mm messen die Meteorologen 13 mm mehr Niederschlag als gewöhnlich.

# *Mittwoch 10. Juni*

*Politik*

**Rd. 92,5% der in einer Umfrage** erfaßten Bürger halten die Entscheidung Konrad Adenauers (CDU), Kanzler zu bleiben, für falsch.

*Technik*

**Mit dem Abriß des »Führerbunkers«** beginnen Arbeiterkolonnen in Ost-Berlin. Adolf Hitler hatte hier Selbstmord begangen. Die meterdicke Betondecke des Bunkers und sein kegelförmiger Ausstieg werden gesprengt. Mit den zentnerschweren Trümmern werden die bereits vor Jahren gesprengten unterirdischen Bunkeranlagen aufgefüllt.

*Gesellschaft*

**Das Große Bundesverdienstkreuz** überreicht Bundespräsident Theodor Heuss (FDP) in Bonn dem Präsidenten des Europäischen Parlaments, Robert Schuman, in Anerkennung seiner Verdienste um die europäische Einigung.

*Wetter*

**Ausgesprochen sonnig präsentiert** sich der Juni 1959 mit 304 Sonnenstunden. Alle Aktivitäten im Freien werden durch die geringe Regenneigung begünstigt. Es fallen nur 35 mm Niederschlag.

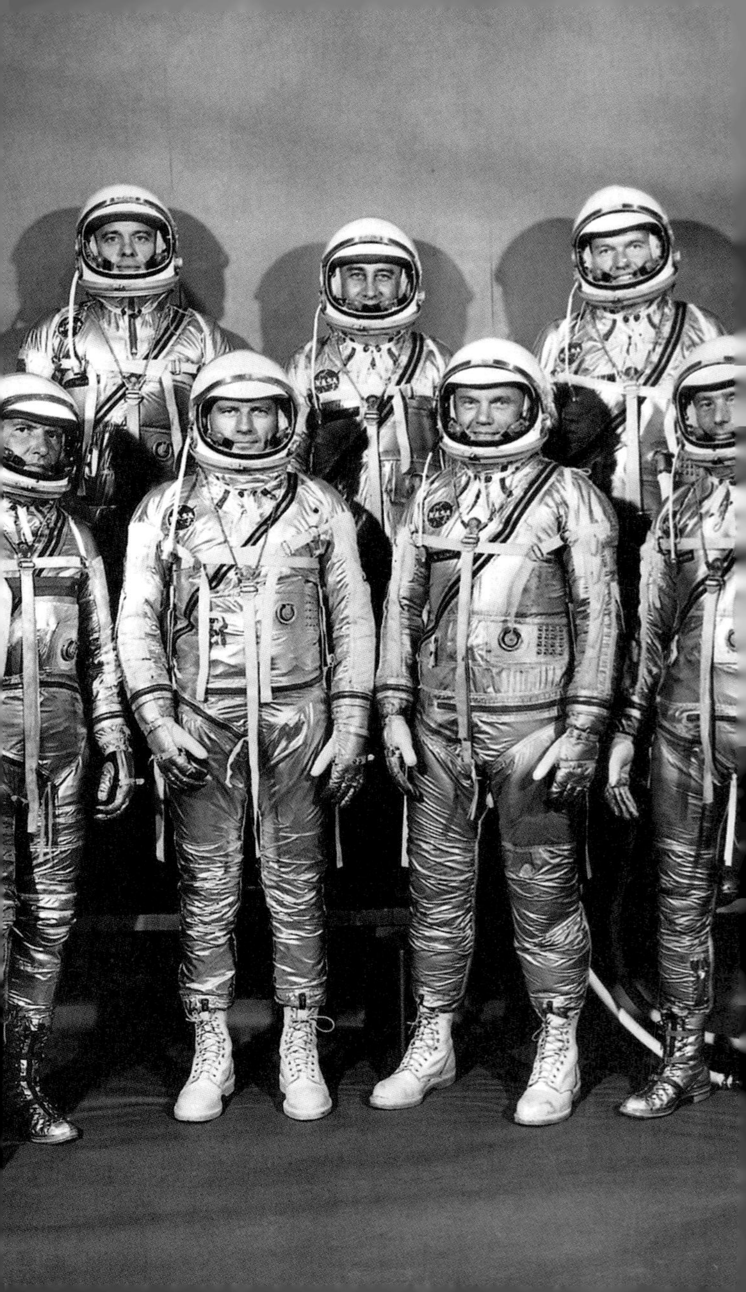

# 1960–1969

## Highlights des Jahrzehnts

### 1960

- Gründung der EFTA
- Frankreich wird 4. Atommacht
- John F. Kennedy wird 35. Präsident der USA
- Hochzeit des Jahres: Fabiola und König Baudouin von Belgien

### 1961

- Erster Mensch im Weltraum: der Russe Juri Gagarin
- Bau der Mauer in Berlin
- Gründung von Amnesty International

### 1962

- Flutkatastrophe an der Nordseeküste und in Hamburg
- Kuba-Krise: USA erzwingen Abbau sowjetischer Raketenbasen
- »Spiegel«-Affäre löst Regierungskrise aus
- Start der erfolgreichsten Serie der Kinogeschichte: James Bond

### 1963

- Deutsch-Französischer Freundschaftsvertrag
- US-Präsident Kennedy wird in Dallas erschossen
- Marika Kilius und Hans-Jürgen Bäumler werden Weltmeister im Eiskunstlaufen

### 1964

- Die USA greifen in den Vietnamkrieg ein
- Revolution in der Damenmode: der Minirock
- Der 22jährige Cassius Clay wird jüngster Boxweltmeister
- UdSSR: Breschnew neuer KP-Chef
- Erfolgreichste Pop-Gruppe der 60er: die Beatles
- Den Rolling Stones gelingt der internationale Durchbruch

### 1965

- Im Alter von 90 Jahren stirbt in London Winston Churchill
- Erste Fotos vom menschlichen Embryo im Mutterleib
- Ziehung der Lottozahlen erstmals im Fernsehen

### 1966

- Große Koalition aus CDU/CSU und SPD gebildet
- APO beginnt sich zu formieren

### 1967

- Sechs-Tage-Krieg in Nahost
- Erste Herztransplantation
- Bürgerkrieg in Biafra
- Kult-Musical »Hair« wird uraufgeführt

### 1968

- Ermordung des schwarzen Bürgerrechtlers Martin Luther King und des US-Präsidentschaftskandidaten Robert Kennedy
- »Prager Frühling« durch Einmarsch von Warschauer-Pakt-Truppen beendet
- Aufklärungswelle erreicht den Schulunterricht

### 1969

- Willy Brandt wird Kanzler einer sozialliberalen Koalition
- Der erste Mensch betritt den Mond
- »Sesamstraße« begeistert Millionen von Kindern
- Rockfestival in Woodstock

◀ **US-Astronauten im Gruppenbild: Die 60er sind das Jahrzehnt der Raumfahrt**

# Freitag 10. Juni

*Gesellschaft*

**Einen gravierenden Arbeitskräftemangel** bei der Bundespost beklagt Bundespostminister Richard Stücklen (CSU). Er teilt mit, daß in Stuttgart und München Polizeibeamte für die Zustellung von Paketen eingesetzt wurden.

*Kultur*

**Ein einwöchiger Streik** von 1100 Broadway-Schauspielern endet in New York. Die wöchentlichen Mindestgagen werden um bis zu 15 US-Dollar angehoben und eine Pensionskasse für die Theater-Schauspieler eingeführt.

*Technik*

**Die 100 000 Einwohner** der chilenischen Stadt Valdívia werden evakuiert, weil sie in der Folge des Erdbebens vom 22. Mai von einer Überschwemmung bedroht sind. Das Bundeskabinett in Bonn bewilligt 10 Mio. DM für die Erdbebenopfer.

*Wetter*

**Angenehmes Sommerwetter** und eine Durchschnittstemperatur, die mit 17,4 °C rd. 1 °C über dem langjährigen Mittel liegt, bietet der Juni 1960. Es fallen weniger Niederschläge als üblich.

# Samstag 10. Juni

*Sport*

**1:2 endet das Fußball-Länderspiel** Ungarn gegen Österreich, das in Budapest ausgetragen wird.

*Gesellschaft*

**Ordenflut zum Geburtstag:** 2300 Briten werden aus Anlaß der offiziellen Feier des Geburtstages der britischen Königin Elisabeth II. mit Orden und Titeln ausgezeichnet. Außerdem wird Prinz Philipp, Herzog von Edinburgh, an diesem Tag 40 Tage alt.

*Kultur*

**Dem sowjetischen Geiger** David Oistrach wird von der Zürcher Fremdenpolizei die Erlaubnis zum Auftreten in der Zürcher Tonhalle verweigert. Die Fremdenpolizei begründet ihren drastischen Schritt damit, daß Oistrach ein »Emissär der kommunistischen Ideologie« sei.

**Preise in den 60er Jahren**

| | |
|---|---|
| 1 kg Butter | 7,58 |
| 1 kg Mehl | 1,06 |
| 1 kg Fleisch | 7,91 |
| 1 l Vollmilch | 0,50 |
| 1 Ei | 0,21 |
| 10 kg Kartoffeln | 2,88 |
| 1 kg Kaffee | 16,61 |
| Stundenlohn | 4,15 |

in DM, Stand 1964

*Wetter*

**Ein überdurchschnittlich warmer Juni** sorgt 1961 für einen angenehmen Frühsommer. Die Sonne scheint im Schnitt insgesamt 30 Stunden länger.

## Pfingstsonntag 10. Juni

*Sport*

**Die Mannschaft der Bundesrepublik** scheidet durch eine 0:1-Niederlage im Spiel gegen Jugoslawien im Viertelfinale im Stadion von Santiago aus der Fußball-Weltmeisterschaft in Chile aus.

*Technik*

**Der 47 kg schwere Schimpanse »Zena«** wird in 13 000 km Höhe bei einer Geschwindigkeit von 1700 km/h aus einem US-amerikanischen Düsenbomber vom Typ B 58 ausgestoßen und kehrt mit einem Fallschirm sicher zur Erde zurück. Mit diesem Experiment soll die Möglichkeit zur Rettung von Piloten in großer Höhe untersucht werden.

*Gesellschaft*

**Die Katastrophenopfer der Hamburger** Sturmflut vom 17. Februar 1962 haben bislang 325 169,52 DM erhalten. Das geht aus dem Rechenschaftsbericht der »Aktion Sturmflut« hervor.

*Wetter*

**Kühle Witterung charakterisiert den Juni 1962.** Die Durchschnittstemperatur liegt unter dem langjährigen Monatsmittel. Die Strandkörbe und Freibäder bleiben weitgehend leer.

# Montag 10. Juni

*Politik*

**Spanien und Portugal wird für Touristen** unsicherer: Die anarchistische Untergrundorganisation Iberischer Freiheitsrat warnt in einem Schreiben an die Auslandskorrespondenten in Madrid vor einem Besuch ausländischer Urlauber in Spanien und Portugal.

*Gesellschaft*

**Über die neuesten Erkenntnisse** zu einem archäologischen Fund in Anatolien diskutieren die Fachwissenschaftler. Am 8. Juni stellten die Experten vor Ort bei der Auswertung von Funden einer 6500 Jahre alten Siedlung auf der Hochebene von Konya fest, daß dort schon damals eine Stadt existierte. Die von der Existenz einer Hochkultur zeugenden Gegenstände revolutionieren die Chronologie der Kulturentwicklung, weil man bislang der Ansicht war, daß in jeder Zeit noch keine Stadtkultur existierte.

### Rekorde in den 60er Jahren

**Stabhochsprung:** Brian Sternberg (USA) – 5,00 m (1963)
**Hochsprung:** V. Brumel (URS) – 2,28 m (1963)
**Weitsprung:** Bob Beamon (USA) – 8,90 m (1968)
**100 m:** Jim Hines (USA) – 9,9 sec (1968)

*Wetter*

**Mit wenig Regen und hohe Temperaturen** ist der Juni 1963 ein angenehmer Sommermonat.

# Mittwoch 10. Juni

*Kultur*

**Die »World Book Fair«** wird in der Londoner Ausstellungshalle Earl's Court eröffnet. 19 Länder sind auf der zum ersten Mal veranstalteten Weltbuchmesse vertreten, die im Gegensatz zur Frankfurter Buchmesse in erster Linie als bunte Show rund ums Buch vor allem für das allgemeine Publikum gedacht ist.

»Mini« heißt das Schlagwort der 60er – hier in Form eines Strickkleides

*Kultur*

**Joseph Suders Oper** »Kleider machen Leute« nach der Novelle von Gottfried Keller wird in der Inszenierung von Hans Friederici und der musikalischen Bearbeitung von Helmut Henze im Landestheater Coburg uraufgeführt.

*Wetter*

**Viel Sonne, Hitze und viel Regen** machen den Juni 1964 zu einem Monat der Extreme. 312 Sonnenstunden liegen weit über dem langjährigen Mittelwert von 244 Stunden. Allerdings wird auch der Niederschlagsmittelwert von 62 mm um 46 mm überschritten. Bei im Schnitt 18,7 °C sind Freibäder und Eisdielen beliebte Treffpunkte.

# 1965

## Donnerstag 10. Juni

*Politik*

**Starke Vietcong-Verbände stürmen** die etwa 100 km nördlich von Saigon gelegene Bezirkshauptstadt Dong Xoai. Nach einem kurzen Beschuß der Stadt mit Artillerie greifen die etwa 4000 Mann starken Vietcong die Stadt an und nehmen ein nahegelegenes Militärlager ein, in dem US-Sondereinheiten südvietnamesische Soldaten ausbilden.

*Gesellschaft*

**Die witterungsbedingte** Verspätung der Frühkartoffelernte veranlaßt das Ernährungsministerium in Bonn, den Importstopp für ausländische Frühkartoffeln auf den 16. Juni zu verschieben.

Kurzer Mantel mit Schlaghose: Auch in die Männermode kommt Bewegung

*Kultur*

**Der Lyriker Karl Krolow erhält** in Hannover den mit 25 000 DM dotierten Niedersächsischen Kunstpreis.

*Wetter*

**Mit etwas weniger Sonne** (228 Stunden) läßt sich gut leben, da die Durchschnittstemperatur im Juni 1965 mit 16,8 °C um 0,3 °C höher liegt als üblich.

# Freitag 10. Juni

*Kultur*

**Das Kinogeschäft stabilisiert** sich in diesem Jahr. Das meldet die Ufa-Theater AG in Düsseldorf. Die Besucherzahl in den Ufa-Kinos sank nur noch um 1,9% gegenüber 2,9% im Vorjahr und 5,6% im Jahr 1964. Zum ersten Mal seit 1959 stieß die Gesellschaft keine Betriebsstätten mehr ab.

*Gesellschaft*

**Der zweite Kongreß des »Europäischen** Parlaments der Verfolgten des Nazismus« tagt in Frankfurt am Main. Auf der Zusammenkunft setzen sich 50 Delegierte aus 75 internationalen Organisationen mit Fragen der Wiedergutmachung und dem »keimenden Nationalismus« in der Bundesrepublik auseinander.

### Stars der 60er Jahre

**Die Beatles**
Popgruppe
**Sean Connery**
Filmschauspieler
**Pelé**
Fußballspieler
**Jean Paul Belmondo**
Filmschauspieler
**Dustin Hoffman**
Filmschauspieler

*Wetter*

**Ein ungestümer Juni** mit sehr warmen Temperaturen und starken Regengüssen sorgt 1966 für meteorologische Abwechslung. Die Durchschnittstemperatur liegt 1,8 °C über dem Mittelwert. Die Niederschlagsmenge liegt mit 144 mm mehr als doppelt so hoch wie normal.

# Samstag 10. Juni

*Politik*

**Nach 132 Stunden und 30 Minuten** endet der dritte israelisch-arabische Krieg. Die Israelis, die zahlenmäßig deutlich unterlegen waren, gehen dank einer strategischen Meisterleistung als Sieger aus dem Sechstagekrieg hervor. Der Sieg im Dreifrontenkrieg gegen Ägypten, Syrien und Jordanien basierte aber auch auf modernen Waffensystemen und einer guten Ausbildung der israelischen Soldaten.

*Politik*

**Die Sowjetunion bezichtigt Israel** der Aggression gegen die arabischen Staaten und bricht die diplomatischen Beziehungen zu Israel ab.

*Gesellschaft*

**Traumhochzeit in Kopenhagen:** Die dänische Prinzessin Margrethe heiratet den französischen Grafen Henri de Laborde de Montpezat.

*Wetter*

**Mit 15,8 °C bringt der Juni 1967 kühle Witterung.** Die Temperatur liegt unter dem langjährigen Mittelwert von 16,5 °C. Neben dem Pullover ist auch der Regenschirm ein wichtiges Utensil. Die Niederschlagsmenge liegt bei insgesamt 87 mm.

# Montag 10. Juni

*Gesellschaft*

**Das Hamburger Nachrichtenmagazin** »Der Spiegel« veröffentlicht eine Umfrage des Godesberger Instituts für angewandte Sozialforschung unter Berliner Studenten, die Vorurteile über deren radikale Haltung nicht bestätigt. Auftraggeber der Studie war der Senat in West-Berlin. Das Gesamtergebnis der Umfrage lautet, daß die große Mehrheit der Studenten weder extrem links noch extrem rechts orientiert sei und das demokratische System für weitgehend funktionstüchtig halte. Nur jeder Zehnte bekennt sich als Anhänger des Sozialistischen Deutschen Studentenbundes (SDS).

*Sport*

**Italiens Fußballnationalelf,** Weltmeister 1934 und 1938, gewinnt nach 30 Jahren wieder einen Titel. Die Azzurri werden durch einen 2:0-Sieg über Jugoslawien im Olympiastadion von Rom Fußball-Europameister. Der Titel bleibt jedoch ohne Glanz. Das Team aus Italien gewann nur mit Glück. Das spielerisch beste Team stellte Jugoslawien.

*Wetter*

**Wärme und wenig Regen** verlocken im Juni 1968 zum Aufenthalt im Freien. Mit 18,1 °C liegt die mittlere Temperatur über dem Schnitt.

# Dienstag 10. Juni

*Gesellschaft*

**Die Internationale Arbeitsorganisation begeht** in Genf ihr 50jähriges Jubiläum. Zu den Gästen zählt UNO-Generalsekretär Sithu U Thant.

*Technik*

**Der Bau einer Pipeline vom Iran** durch die Türkei wird bei einem Besuch des iranischen Premiers Amir Abba Howaida in der Türkei vereinbart. Die Bedeutung des Projekt liegt in der direkten Verbindung des Irans mit den osteuropäischen Märkten.

Den »Sexualkunde-Atlas« stellt Bundesgesundheitsministerin Käte Strobel (SPD) vor. Er soll als einheitliches Unterrichtsmittel im neu eingeführten Sexualkundeunterricht benutzt werden.

*Politik*

**Kambodschas Staatschef Prinz Norodom** Sihanuk gibt den Abbruch der diplomatischen Beziehungen zur Bundesrepublik bekannt. Zur Begründung führt er »eine Flut von Drohungen und Rügen« seitens der Bundesregierung nach der kambodschanischen Anerkennung der DDR an.

*Wetter*

**Mit etwas mehr Regen** und einer um 10% geringeren Sonnenscheindauer als im Mittel ist der Juni 1969 ein Sommermonat mit kleinen Fehlern.

# 1970 - 1979

## Highlights des Jahrzehnts

### 1970

- Neue deutsche Ostpolitik: Moskauer und Warschauer Vertrag
- Vietnamkrieg weitet sich auf Kambodscha aus
- Einstellung des Contergan-Prozesses

### 1971

- Einführung des Frauenwahlrechts in der Schweiz
- Friedensnobelpreis für Willy Brandt
- Hot pants – Modeschlager der Saison
- Kinohit »Love Story« rührt Millionen Zuschauer zu Tränen

### 1972

- Unterzeichnung des Rüstungskontrollabkommens SALT I
- Verhaftung von Baader-Meinhof-Terroristen
- Überfall palästinensischer Terroristen auf die israelische Mannschaft bei den Olympischen Spielen in München
- Unterzeichnung des Grundvertrages zwischen Bundesrepublik und DDR

### 1973

- Aufnahme beider deutscher Staaten in die UNO
- USA ziehen ihre Truppen aus Vietnam zurück
- Jom-Kippur-Krieg in Nahost
- Ölkrise: Sonntagsfahrverbot auf bundesdeutschen Straßen

### 1974

- Guillaume-Affäre stürzt Willy Brandt, neuer Bundeskanzler wird Helmut Schmidt
- Watergate-Affäre zwingt US-Präsident Nixon zum Rücktritt
- Deutschland wird Fußballweltmeister
- »Nelkenrevolution« in Portugal

### 1975

- Beginn des Bürgerkriegs im Libanon
- Unterzeichnung der KSZE-Schlußakte in Helsinki
- Spanien: Tod Francos und demokratische Reformen unter König Juan Carlos I.
- Einweihung des 3 km langen Elbtunnels in Hamburg
- Volljährigkeit von 21 auf 18 Jahre herabgesetzt

### 1976

- Umweltkatastrophe in Seveso
- Anschnallpflicht für Autofahrer
- Traumhochzeit des Jahres: Karl XVI. Gustav von Schweden heiratet die Deutsche Silvia Sommerlath

### 1977

- Entführung und Ermordung des Arbeitgeberpräsidenten Hanns Martin Schleyer
- Emanzipationswelle: Frauenzeitschrift »Emma« erscheint

### 1978

- Friedensverhandlungen zwischen Israel und Ägypten in Camp David
- In England kommt das erste Retortenbaby zur Welt

### 1979

- Überfall der Sowjetunion auf Afghanistan
- Schiitenführer Khomeini proklamiert im Iran die Islamische Republik
- Sandinistische Revolution beendet Somoza-Diktatur in Nicaragua

◀ **»Eiserne Lady« Margaret Thatcher, ab 1979 britische Premierministerin**

## *Mittwoch 10. Juni*

*Sport*

**Die National-Elf der Bundesrepublik** beendet ihre Vorrundenspiele bei der Fußball-Weltmeisterschaft in Mexiko mit einem 3:1 gegen Peru in Leon. Weltmeister wird am 21. Juni das Team von Brasilien, das sich mit 4:1 gegen Italien durchsetzt.

*Politik*

**Nach zweitägigen Beratungen** in Luxemburg lädt der EG-Ministerrat die beitrittswilligen Länder Großbritannien, Irland, Dänemark und Norwegen für den 30. Juni offiziell zu entsprechenden Verhandlungen ein.

*Politik*

**Die Stärke ihrer in Europa stationierten** Truppen wollen die USA erhalten. Das erklärt US-Verteidigungsminister Melvin R. Laird bei seinem Besuch in der Bundesrepublik Deutschland.

*Wetter*

**Ideales Badewetter bringt ein heißer** und sonniger Juni 1970. Die Durchschnittstemperatur liegt ganze 2 °C über dem langjährigen Mittelwert. Die Sonne scheint in diesem Monat rekordverdächtige 308 Stunden (Mittelwert: 244 Stunden).

# Donnerstag 10. Juni

*Politik*

**Eine Reihe von Handelsbeschränkungen** gegenüber der Volksrepublik China heben die USA auf. Sie erleichtern den Export von Getreide. Washington reagiert mit seiner Maßnahme auf die amerikanisch-chinesische Annäherung.

*Politik*

**Der Ausnahmezustand,** der seit 1965 besteht, wird in Rhodesien durch die Stimmen der weißen Parlamentsabgeordneten um ein weiteres Jahr verlängert. Der Ausnahmezustand bedeutet für die Regierung unter Ian Smith nahezu uneingeschränkte Vollmachten in dem afrikanischen Land.

*Politik*

**Zum ersten Mal berichtet ein amtierender** Präsident des EWG-Ministerrats, Maurice Schumann, im Europäischen Parlament über den Stand der politischen Einigung Europas.

*Wetter*

**Wenig Trost für Sonnenanbeter** bietet der Juni 1971. Die Sonnenscheindauer liegt mit 149 Stunden weit unter dem langjährigen Mittelwert. 106 mm Niederschlag erfreut nur die Landwirte.

# Samstag 10. Juni

Politik

**Den Lenin-Orden und andere Auszeichnungen** erhält der jugoslawische Präsident Josip Broz Tito während seines Aufenthalts in der Sowjetunion. Beide Seiten unterstreichen in einem Kommuniqué die Verbesserung der gegenseitigen Beziehungen, aber auch die Möglichkeit unterschiedlicher Wege zum Sozialismus.

Gesellschaft

Ausgestellte Hosen und viel Schmuck trägt die moderne Frau in den 70er Jahren

**Rettungstrupps kümmern sich** im US-Bundesstaat South Dakota um die Opfer der Flutwelle, die tags zuvor durch schwere Regenfälle ausgelöst wurde. Die Stadt Rapid City wurde zerstört. Mehrere tausend Menschen werden vermißt, darunter viele Touristen, die mit Zelten und Wohnwagen in das von der Katastrophe betroffene Berggelände am US-amerikanischen Nationaldenkmal Mount Rushmore gekommen waren.

Wetter

**Etwas regnerisch** und mit 215 Sonnenstunden rund 30 Stunden sonnenärmer als im langjährigen Mittel präsentiert sich der Juni 1972.

# Pfingstsonntag 10. Juni

*Technik*

**Von Cape Canaveral starten die USA** den Satelliten »Explorer«, der 250 kg wiegt. Nach fünf Tagen ist das Einschwenken des künstlichen Himmelskörpers in eine Kreisbahn um den Mond geplant.

*Sport*

**Das 24-Stunden-Rennen** von Le Mans gewinnen der Franzose Henri Rescarolo und dessen Landsmann Gerard Larousse auf Matra-Simca.

Voll im Zeitgeschmack: Der Midimantel mit aufgesetzten Taschen für kalte Winter

*Sport*

**Feste feiern die Anhänger** des Deutschen Fußballmeisters von Bayern München, der tags zuvor die Meisterschale erneut in die Isarmetropole geholt hat. Von Saisonbeginn an lag das Team um Trainer Udo Lattek an der Spitze der Liga. Mit einem 1:1 gegen Köln beendete die Startruppe die Spielzeit.

*Wetter*

**Sonnig, warm und trocken ist der Juni 1973.** Die Niederschlagsmenge liegt mit 28 mm um mehr als 50% unter dem langjährigen Mittel von 62 mm.

# Montag 10. Juni

*Politik*

**Nach nur zweimonatiger Regierungszeit** tritt in Rom das italienische Kabinett unter Ministerpräsident Mariano Rumor zurück. Präsident Giovanni Leone lehnt das Rücktrittsgesuch am 13. Juni ab.

*Politik*

**Eine diplomatische Note an die arabischen** Staaten wird von den neun EG-Außenministern zum Abschluß einer Konferenz in Bonn verabschiedet. Die Regierungen dieser Länder werden darin zu langfristigen Dialogen über die wirtschaftliche Zusammenarbeit mit der EG eingeladen.

*Politik*

**Die Bundesrepublik schließt** mit Kanada ein Abkommen, nach dem 54 000 deutsche Soldaten in den nächsten zehn Jahren auf dem Schießplatz im kanadischen Manitoba Manöver durchführen sollen.

*Wetter*

**Für die Jahreszeit zu kühl und regnerisch,** so unerfreulich präsentiert sich der Juni 1974. Die Regenmenge liegt mit 93 mm um ein Drittel über dem langjährigen Mittelwert. Die Sonne scheint insgesamt 183 Stunden (Durchschnitt: 244 Stunden).

# Dienstag 10. Juni

Sport

**Der 34jährige brasilianische Fußballspieler** Pelé unterzeichnet einen Dreijahresvertrag bei New York Cosmos, der ihm rd. 11 Mio. DM einbringt.

Kultur

**Die ersten Hamburger Ballett-Tage,** die bis zum 22. Juni dauern, werden mit einer Aufführung des Brüsseler Ballet du XXe Siècle eröffnet.

Gesellschaft

**Entführung in Italien:** In Rom wird der Präsident des Elektronikkonzerns Voxon, Amedeo Ortolani, gekidnappt. Für seine Freilassung verlangen die Entführer ein Lösegeld. Ortolani ist das 25. Entführungsopfer in Italien seit Jahresbeginn.

Wetter

**Wenig Regengüsse** und mit 223 Stunden ausreichend Sonne machen den Juni 1975 zu einem Monat, der Aktivitäten im Freien zuläßt. Die durchschnittliche Temperatur entspricht mit 16,5 °C genau dem langjährigen Mittelwert.

**Rekorde in den 70er Jahren**

**100 m:** Marlies Göhr (GDR) – 10,88 sec (1977)
**Hochsprung:** Rosemarie Ackermann (GDR) – 2,00 m (1977)
**Weitsprung:** Vilma Bardauskiene (URS) – 7,09 m (1978)
**800 m:** S. Coe (GBR) – 1:42,4 min (1979)

# Donnerstag 10. Juni

*Politik*

**Ein Gesetz zur Bekämpfung der** Wirtschaftskriminalität beschließt der Bundestag in Bonn.

*Politik*

**Nach einem mißglückten** Attentatsversuch auf den ugandischen Staatschef Idi Amin Dada in Kampala richten Armee und Polizei ein Blutbad unter oppositionellen Kräften an. 200 Menschen werden getötet, Tausende wahllos verhaftet.

**Preise in den 70er Jahren**

| | |
|---|---|
| 1 kg Butter | 8,36 |
| 1 kg Mehl | 1,16 |
| 1 kg Fleisch | 10,15 |
| 1 l Vollmilch | 1,06 |
| 1 Ei | 0,22 |
| 10 kg Kartoffeln | 6,44 |
| 1 kg Zucker | 1,65 |
| Stundenlohn | 10,40 |

in DM, Stand 1975

*Gesellschaft*

**Das 17. Chorfest** des Deutschen Sängerbundes wird von Bundespräsident Walter Scheel in West-Berlin eröffnet. Drei Tage lang musizieren 55 000 Teilnehmer aus 22 Ländern gemeinsam.

*Wetter*

**Ein traumhafter Juni 1976** läßt keine Wünsche mehr offen. Die Sonne lacht mit 283 Stunden 40 Stunden länger als im langjährigen Mittel, die Durchschnittstemperatur liegt bei 17,8 °C und damit um 1,3 °C höher als normal.

# Freitag 10. Juni

*Politik*

**Der ägyptische Außenminister Ismail Fahmi** weilt zu einem Besuch in Moskau. Die Reise dient vor allem dem Zweck, die seit rd. einem Jahr gespannten Beziehungen zwischen Ägypten und der Sowjetunion zu verbessern.

*Politik*

**Nach rd. dreijährigen Beratungen** endet in Genf eine internationale Konferenz über eine Erneuerung der Kriegsrechte. Es wird u. a. der Schutz von Kriegsopfern erweitert.

*Gesellschaft*

**Die ersten schwarzen Soldaten** werden im Zuge des allmählichen Abbaus der Rassentrennung in Rhodesien zu Offizieren ernannt. Bisher konnten Schwarze bestenfalls Unteroffiziere werden.

*Wetter*

**Viel Regen und wenig Sonne charakterisieren** einen überdurchschnittlich warmen Juni 1977. Die Niederschlagsmenge liegt mit 95 mm klar über dem langjährigen Mittel von 62 mm. Der durchschnittlichen Sonnenscheindauer von 244 Stunden stehen 178 tatsächliche Sonnenstunden gegenüber.

# 1978

## Samstag 10. Juni

*Sport*

**Das 24-Stunden-Rennen von Le Mans** gewinnen die französischen Automobilrennfahrer Didier Pironi und Pierre Jaussaud auf Renault-Alpine.

*Sport*

**Den sechs Jahre alten Weltrekord** von Annelie Ehrhardt (DDR) über 100 m Hürden verbessert die Polin Grazyna Rabsztyn auf 12,48 sec.

*Politik*

**Zu schweren Auseinandersetzungen** kommt es in der portugiesischen Hauptstadt Lissabon. Bei den Zusammenstößen zwischen links- und rechtsgerichteten Demonstranten werden mehrere Menschen zum Teil schwer verletzt.

### Stars der 70er Jahre

**Robert de Niro**
Filmschauspieler
**Jane Fonda**
Filmschauspielerin
**Woody Allen**
Filmregisseur
**Steven Spielberg**
Filmregisseur
**Muhammad Ali**
Boxer

*Wetter*

**Ein eher kühler Juni** mit 30 Sonnenstunden weniger als im langjährigen Mittel erfüllt 1978 nicht alle Erwartungen. Einziger Trost: Die geringe Niederschlagsmenge, die mit 39 mm klar unter dem Durchschnittswert von 62 mm liegt.

# Sonntag 10. Juni

## *Politik*

**Bei den ersten Direktwahlen** zum Europäischen Parlament erzielt in der Bundesrepublik die CDU/CSU 49,2% der Stimmen. Bei den gleichzeitig stattfindenden Kommunalwahlen in Rheinland-Pfalz und im Saarland bleibt die CDU trotz Verlusten stärkste politische Kraft.

## *Gesellschaft*

**Ein neues Stahlwerk wird in Indien gebaut.** Der indische Ministerpräsident Morarji Ranchhodji Desai besucht für vier Tage die UdSSR. Im Rahmen der Visite kommt es zur Unterzeichnung eine Abkommens über den Bau eines Stahlwerks in Indien.

## *Sport*

**Als erste Frau der Welt bleibt die Rostocker** Sprinterin Marita Koch in Karl-Marx-Stadt (Chemnitz) in 21,71 sec unter der magischen 22-Sekunden - Marke über die 200-m-Strecke.

## *Wetter*

**Hochsommerliche Temperaturen locken** im Juni 1979 zu Spiel und Sport ins Freie. Die Durchschnittstemperatur liegt mit 18,4 °C fast 2 °C über dem langjährigen Mittelwert.

# 1980-1989

## Highlights des Jahrzehnts

### 1980

- Golfkrieg zwischen Iran und Irak
- Gründung einer neuen Bundespartei: »Die Grünen«
- Bildung der polnischen Gewerkschaft »Solidarność«

### 1981

- Attentate auf US-Präsident Ronald Reagan, den Papst und Ägyptens Staatschef Anwar As Sadat
- Erster Start der wiederverwendbaren Raumfähre »Columbia«
- In den USA werden die ersten Fälle von AIDS bekannt
- Hochzeit des Jahres: Der britische Thronfolger Charles, Prince of Wales, heiratet Lady Diana

### 1982

- Krieg um die Falkland-Inseln
- Sozialliberale Koalition bricht auseinander; Helmut Kohl wird neuer Bundeskanzler
- Selbstjustiz vor Gericht: der »Fall Bachmeier«
- »E. T. – der Außerirdische« wird zum Kinohit

### 1983

- US-Invasion auf Grenada
- Skandal um gefälschte Hitler-Tagebücher
- Aerobic wird in der Bundesrepublik populär

### 1984

- Richard von Weizsäcker wird Bundespräsident
- Ermordung von Indiens Ministerpräsidentin Indira Gandhi, Nachfolger wird ihr Sohn Rajiv Gandhi

### 1985

- Michail Gorbatschow wird neuer Kremlchef
- Sensation: Boris Becker siegt als erster Deutscher in Wimbledon
- »Live-Aid-Concert« für Afrika

### 1986

- Attentat auf Schwedens Ministerpräsident Olof Palme
- Katastrophe im Kernkraftwerk Tschernobyl
- Explosion der US-Raumfähre »Challenger«
- Premiere des Musicals »Cats« in Hamburg

### 1987

- Widerstand gegen Volkszählung
- Barschel-Affäre in Kiel
- Matthias Rust landet mit einem Sportflugzeug auf dem Roten Platz in Moskau

### 1988

- Atommüllskandal in Hessen
- Ende des Golfkriegs
- Geiseldrama von Gladbeck als Medienspektakel
- Dopingskandal überschattet Olympische Spiele in Seoul
- Reagan und Gorbatschow vereinbaren Verschrottung atomarer Mittelstreckenraketen

### 1989

- Die DDR öffnet ihre Grenzen
- Blutbad auf dem Platz des Himmlischen Friedens in Peking
- Demokratisierungskurs im gesamten Ostblock
- »Exxon Valdez«: Ölpest vor Alaska

◀ **Steffi Graf, Ende der 80er Jahre einsame Nummer eins im Frauen-Tennis**

# Dienstag 10. Juni

*Politik*

**Aussperrungen als Mittel der** Tarifauseinandersetzung erklärt das Bundesarbeitsgericht unter bestimmten Voraussetzungen für rechtmäßig. Sie dürfen jedoch nur in dem Tarifgebiet erfolgen, in dem gestreikt wird, und sie müssen sich im Rahmen der Verhältnismäßigkeit bewegen. Nicht erlaubt sind die sog. Angriffsaussperrung, mit der die Arbeitgeber einem drohenden Streik zuvorkommen und die Aussperrung einzelner Betriebsangehöriger.

*Gesellschaft*

**Über die gewalttätigen Auseinandersetzungen** in Freiburg berichten die Tageszeitungen. Am Tag zuvor war es wegen der Räumung einiger zum Abriß vorgesehener Häuser zu Zwischenfällen gekommen. Die Bewohner, vor allem Studenten, denen nur ein vorübergehendes Wohnrecht eingeräumt worden war, wehrten sich gegen die Zerstörung von preiswertem Wohnraum in der Innenstadt.

*Wetter*

**Sommergefühle werden im Juni 1980** angesichts des Regenwetters im Keim erstickt. Die Niederschlagsmenge liegt mit 113 mm fast doppelt so hoch wie der Mittelwert. Die Sonne scheint mit 204 Stunden 40 Stunden weniger als sonst.

# Mittwoch 10. Juni

*Gesellschaft*

**Klage gegen die Kürzung der Bonner Mittel** für den Hochschulbau reichen die von der CDU bzw. CSU regierten Länder Bayern, Niedersachsen, Rheinland-Pfalz und Schleswig-Holstein beim Bundesverfassungsgericht ein.

*Gesellschaft*

**Ein Strukturkonzept beschließt** der Aufsichtsrat der Krupp Stahl AG. Danach sollen in Bochum, Rheinhausen und Hagen bis 1982 etwa 4000 Arbeitsplätze abgebaut werden.

*Politik*

**Der Wahlkampf in Irland** geht in seine letzte Phase. Tags darauf verliert die regierende Partei Fianna Fáil bei den Parlamentswahlen sechs Sitze.

*Wetter*

**Kein Monat für Sonnenhungrige** ist der Juni 1981. Die Sonnenscheindauer liegt mit insgesamt 175 Stunden deutlich unter dem langjährigen Mittel von 244 Sonnenstunden. Regional kommt es zu überdurchschnittlich starken Regengüssen. Die mittlere Temperatur verharrt mit 16,7 °C in unmittelbarer Nähe des Durchschnittswerts.

# Donnerstag 10. Juni

*Gesellschaft*

**Ein Mädchen bringt Königin Silvia** von Schweden zur Welt. Die schwedische Prinzessin Madeleine Therese Amelie Josephine ist das dritte Kind von König Carl XVI. Gustav und Königin Silvia.

*Politik*

Auffällig unauffällig: So stellt sich die lässige Frau der 80er ihre Mode zusammen

**Die Staats- und Regierungschefs** der NATO-Staaten kommen - erstmals auf deutschem Boden - in Bonn zu einer Gipfelkonferenz zusammen. Während der Tagung versammeln sich am gegenüberliegenden Rheinufer etwa 400 000 Menschen zur größten Friedenskundgebung in der Geschichte der Bundesrepublik Deutschland. Der Konferenzverlauf ist vor allem gekennzeichnet durch Uneinigkeit über die Strategie der Entspannungspolitik.

*Wetter*

**Angenehmes Sommerwetter** charakterisiert den Juni 1982. Mit 17,2 °C liegt die Durchschnittstemperatur um 0,7 °C über dem Mittelwert. Regen ist mit insgesamt 36 mm Mangelware. Meteorologen registrieren im Durchschnitt 62 mm Niederschlag.

# Freitag 10. Juni

*Politik*

**Die Uran-Lieferungen an Frankreich** würden gestoppt, teilt der australische Ministerpräsident Robert James Lee Hawke während eines offiziellen Besuchs in Paris mit. Trotz zahlreicher Proteste habe Frankreich die Atomtests im Pazifik nicht eingestellt.

Leger und bequem: Herrenmode im Oversize-Stil mit Jackenmantel

*Politik*

**Nach offiziellen Angaben befinden** sich in der Türkei 22 271 Personen aus politischen Gründen in Haft.

*Technik*

**Zu einem Verbot chemischer** Waffen erklärt sich die UdSSR bereit. Im Westen wird dies als Bereitschaft gewertet, die 1980 abgebrochenen Verhandlungen über die C-Waffen wieder aufzunehmen.

*Wetter*

**Ohne Regenschirm** kommt man problemlos durch den sonnigen Juni 1983. Die monatliche Niederschlagsmenge beträgt mit 15 mm weniger als ein Viertel des langjährigen Durchschnittswerts.

# Pfingstsonntag 10. Juni

*Kultur*

**Die 41. Kunst-Biennale wird in Venedig** eröffnet. Künstler aus 32 Ländern stellen aus. Zu sehen sind außerdem die Dokumentation »Kunst im Spiegel« und die Sonderschau »Kunst, Umwelt, Szene«.

*Sport*

**Beim Hochsprungwettbewerb** im schwäbischen Eberstadt überspringt der 21jährige Chinese Zhu Jianhua aus Schanghai 2,39 m und stellt damit einen Weltrekord auf.

**Preise in den 80er Jahren**

| | |
|---|---|
| 1 kg Butter | 9,44 |
| 1 kg Mehl | 1,36 |
| 1 kg Fleisch | 11,83 |
| 1 l Vollmilch | 1,22 |
| 1 Ei | 0,26 |
| 10 kg Kartoffeln | 8,84 |
| 1 kg Zucker | 1,94 |
| Stundenlohn | 17,23 |

in DM, Stand 1985

*Sport*

**Nach dem letzten Etappenziel** des Giro d'Italia in Verona wird der Trentiner Francesco Moser Gewinner des traditionellen Radrennens vor Laurent Fignon aus Frankreich.

*Wetter*

**Sonnenanbeter verzweifeln** im Juni 1984. Die tatsächliche Sonnenscheindauer liegt mit 128 Stunden dramatisch unter dem langjährigen Mittelwert von 244 Stunden. Bei nur 14,3 °C ist an Badevergnügen oder Grillpartys nicht zu denken.

# Montag 10. Juni

*Politik*

**Zu einem offiziellen zweitägigen Besuch** kommt der französische Ministerpräsident Laurent Fabius in die DDR. Es ist das erste Mal, daß ein Regierungschef der westlichen Schutzmächte von West-Berlin in der DDR zu Besuch ist.

*Politik*

**Seine letzten Kampftruppen zieht Israel** aus dem südlichen Teil des nördlichen Libanon ab. Damit endet nach etwas mehr als drei Jahren das direkte militärische Eingreifen in den libanesischen Bürgerkrieg. Israel hat den Abzug der PLO aus dem Nachbarland, aber nicht den Frieden erreicht.

*Gesellschaft*

**Dem Europäischen Währungssystem** (EWS) tritt Griechenland zum 1. Juli bei, bleibt dem Wechselkursverbund des EWS jedoch fern.

*Wetter*

**Warm anziehen heißt die Devise** im Juni 1985. Mit 14,6 °C liegt die mittlere Temperatur fast 2 °C unter der langjährigen Durchschnittstemperatur. Auch läßt sich die Sonne nur 156 Stunden blicken, fast 90 Stunden weniger als üblich.

# Dienstag 10. Juni

### Politik

**Einen Anstieg linksextremistisch** motivierter Gewalttaten weist der von Bundesinnenminister Friedrich Zimmermann (CSU) vorgelegte Verfassungsschutzbericht 1985 aus.

### Gesellschaft

**Die acht am 17. Mai in Nicaragua** von »Contras« entführten bundesdeutschen Aufbauhelfer werden freigelassen. Um die Freilassung hatte sich vor allem der SPD-Politiker Hans-Jürgen Wischnewski bemüht, der einmal mehr sein Talent als Krisenmanager bewies. Auch die Vereinigten Staaten sollen sich bei den von ihnen militärisch abhängigen »Contras« für eine Freigabe der Deutschen eingesetzt haben. Bei einem Überfall auf das Dorf Jacinto Vaca waren zwölf Bundesbürger von den antisandinistischen Rebellen überfallen und verschleppt worden, vier Deutsche konnten fliehen.

### Wetter

**Über einen angenehm warmen Juni 1986** mit einer Temperatur von durchschnittlich 17,4 °C können sich die Ausflügler in Deutschland freuen. Leider messen die Meteorologen 85 mm Niederschlag. Der langjährige Mittelwert liegt bei 62 mm. Die Sonne läßt sich 247 Stunden am Himmel sehen.

# Mittwoch 10. Juni

*Politik*

**Nach zweitägigen Unruhen verhängt** die Regierung Panamas den Ausnahmezustand über das Land. Anlaß der Staatskrise ist ein Interview des entlassenen Stabschefs der Streitkräfte, der den Kommandeur der Nationalgarde politischer Verbrechen beschuldigte.

*Politik*

**Vertreter der Bundesregierung** und der DDR paraphieren in Bonn ein Rahmenabkommen über Kooperation auf dem Gebiet des grenzüberschreitenden Umweltschutzes.

*Gesellschaft*

**Der 13. Weltwirtschaftsgipfel** der sieben führenden westlichen Industriestaaten geht in Venedig zuende. Zum Abschluß werden Erklärungen zu den Ost-West-Beziehungen und zur Bekämpfung des Terrorismus abgegeben.

### Stars der 80er Jahre

**Richard Gere**
Filmschauspieler
**Madonna**
Sängerin
**Harrison Ford**
Filmschauspieler
**Jodie Foster**
Filmschauspielerin
**Michael Jackson**
Sänger

*Wetter*

**Eine insgesamt kühle Witterung** kennzeichnet den Juni 1987. Die Sonne scheint 155 Stunden.

# 1988

## Freitag 10. Juni

*Kultur*

**Die Bundesfilmpreise werden in West-Berlin** von Bundesinnenminister Friedrich Zimmermann (CSU) verliehen. Ein Filmband in Gold erhält Wim Wenders für seinen Streifen »Himmel über Berlin«.

**Rekorde in den 80er Jahren**

**1500 m:** S. Aouita (MAR) – 3:29,46 min (1985)
**Stabhochsprung:** Sergej Bubka (URS) – 6,00 m (1985)
**100 m:** Florence Griffith (USA) – 10,49 sec (1988)
**Hochsprung:** Javier Sotomayor (CUB) – 2,44 m (1989)

*Gesellschaft*

**Einen mit Italien geschlossenen** Vertrag über die Autonomie Südtirols ratifiziert der österreichische Nationalrat. Der Streit um den Autonomiestatus, der seit 1960 auch durch Terroranschläge verschärft wurde, ist damit auch nach Meinung Südtiroler Politiker beigelegt.

*Politik*

**Zu gewalttätigen** Auseinandersetzungen zwischen Studenten und der Polizei kommt es in mehreren Städten Südkoreas.

*Wetter*

**Viel Regen und wenig Sonne** bringt der Juni 1988. Die Niederschlagsmenge liegt mit 103 mm weit über dem langjährigen Mittel von 62 mm.

# Samstag 10. Juni

Gesellschaft

**Eine Skandinavienreise beendet** Papst Johannes Paul II. Es war der erste Besuch eines Papstes in den nordischen Ländern, in denen nur ein geringer Prozentsatz der Bevölkerung katholisch ist.

Kultur

**Die Retrospektive »Durchsicht«** des Deutschen Künstlerbundes beginnt in der Kieler Kunsthalle. Sie gibt einen Überblick über 40 Jahre bildende Kunst in der Bundesrepublik Deutschland.

Sport

**Schlappe für Titelverteidigerin Steffi Graf:** Bei den Internationalen Tennismeisterschaften von Frankreich besiegt die 17jährige Arantxa Sanchez aus Spanien die Brühlerin in drei Sätzen. Ihre Niederlage gegen Sanchez im längsten Damenfinale in der Geschichte der French Open erklärt die Deutsche mit einer Magenverstimmung.

Wetter

**Warmes und trockenes Wetter** verleiht dem Juni 1989 einen fast hochsommerlichen Charakter. Die Temperatur beträgt im Mittel 17,1 °C. Es fällt nur 37 mm Regen, 25 mm weniger gewöhnlich.

# 1990 - 1996

## Highlights des Jahrzehnts

### 1990

- Wiedervereinigung Deutschlands
- Südafrika: Nelson Mandela nach 27jähriger Haft freigelassen
- Irakische Truppen überfallen das Emirat Kuwait
- Gewerkschaftsführer Lech Walesa neuer polnischer Präsident
- Litauen erklärt Unabhängigkeit
- Deutsche Fußballnationalelf zum dritten Mal Weltmeister
- Star-Tenöre Carreras, Domingo und Pavarotti treten gemeinsam auf

### 1991

- Alliierte befreien Kuwait und beenden Golfkrieg
- Auflösung des Warschauer Pakts
- Bürgerkrieg in Jugoslawien
- Auflösung der Sowjetunion – Gründung der GUS
- Sensationeller archäologischer Fund: »Ötzi«
- Vertrag von Maastricht
- Sieben Oscars für Kevin Costners »Der mit dem Wolf tanzt«
- Bürgerkrieg in Somalia
- Frieden im Libanon

### 1992

- Abschaffung der Apartheid-Politik in Südafrika
- Entsendung von UNO-Blauhelmsoldaten nach Jugoslawien
- Tod des ehemaligen Bundeskanzlers Willy Brandt
- Bill Clinton zum 42. US-Präsidenten gewählt
- In Hamburg wird mit Maria Jepsen zum ersten Mal eine Frau Bischöfin
- Fertigstellung des Rhein-Main-Donau-Kanals

### 1993

- Teilung der ČSFR in die Tschechische und die Slowakische Republik
- Rechtsradikale Gewaltakte gegen Ausländer
- Gaza-Jericho-Abkommen zwischen Israel und der PLO
- Skandal um HIV-Blutplasma
- Einführung von fünfstelligen Postleitzahlen im Bundesgebiet
- Sexskandal um Pop-Star Michael Jackson

### 1994

- Nelson Mandela erster schwarzer Präsident Südafrikas
- Fertigstellung des Eurotunnels unter dem Ärmelkanal
- Über 900 Todesopfer beim Untergang der Fähre »Estonia«
- Abzug der letzten russischen Truppen aus Berlin
- Michael Schumacher erster deutscher Formel-1-Weltmeister

### 1995

- Weltweite Proteste gegen französische Atomversuche im Pazifik
- Giftgasanschlag in Tokio
- Einführung von Pflegeversicherung und Solidaritätszuschlag
- Verpackungskünstler Christo verhüllt den Berliner Reichstag
- Ermordung des israelischen Regierungschefs Yitzhak Rabin
- Friedensvertrag für Bosnien

### 1996

- Arafat gewinnt Wahlen in Palästina
- IRA kündigt Waffenstillstand auf
- 100 Jahre Olympia: Jubiläumsspiele der Superlative in Atlanta

◀ **Magic Johnson, Star des Basketball-»Dream Teams« aus den USA**

# Sonntag 10. Juni

Politik

**Überraschend setzt sich** im zweiten Wahlgang um die Präsidentschaft in Peru der unabhängige Kandidat Alberto Fujimori mit 56% der Stimmen gegen den Schriftsteller Mario Vargas Llosa durch. Um dem Land aus der schweren Krise zu helfen, verabschiedet Fujimori ein radikales Wirtschaftsprogramm, das am 8. August in Kraft tritt. Die Aufhebung der Preiskontrollen und Subventionen soll die jährliche Inflationsrate von rd. 3000% drücken.

Gesellschaft

**Mit Christian Ströbele,** Heide Rühle und Renate Damus sind im neuen Vorstand der Grünen sowohl Realpolitiker als auch die sog. Fundamentalisten vertreten. Die Bundesversammlung in Dortmund lehnt den Staatsvertrag mit der DDR zur Wirtschafts-, Währungs- und Sozialunion ab.

Wetter

**Ein Regenschirm gehört im Juni 1990** zu den wichtigsten Utensilien. Die Niederschlagsmenge übertrifft mit 158 mm den langjährigen Mittelwert um mehr als das Doppelte. Entsprechend selten lacht die Sonne: Dem Durchschnittswert von 244 Stunden steht eine tatsächliche Sonnenscheindauer von nur 156 Stunden gegenüber.

# Montag 10. Juni

*Politik*

**Der 10. Kongreß** der Kommunistischen Partei Albaniens, die sich in Sozialistische Partei umbenennt, beginnt in Tirana. Im Februar bildete Staats- und Parteichef Ramiz Alia die Regierung um. Anstelle von Adil Carcani wird der Wirtschaftswissenschaftler Fatos Nano zum Regierungschef des Landes berufen. Vorangegangen waren mehrwöchige Unruhen gegen die Herrschaft der Kommunisten und gegen die rasante Talfahrt der albanischen Wirtschaft.

*Politik*

**In landesweiten Streiks** fordern in Rumänien Arbeiter und Angestellte vor allem Lohnerhöhungen.

**Preise in den 90er Jahren**

| | |
|---|---|
| 1 kg Butter | 8,20 |
| 1 kg Mehl | 1,21 |
| 1 kg Fleisch | 12,85 |
| 1 l Vollmilch | 1,33 |
| 1 Ei | 0,27 |
| 10 kg Kartoffeln | 10,30 |
| 1 kg Zucker | 1,92 |
| Stundenlohn | 24,91 |

in DM, Stand 1993

*Wetter*

**Die kühle Schulter zeigt der Juni 1991,** indem er mit 15,0 °C ganze 2,6 °C unter dem langjährigen Mittelwert bleibt. Die Anzahl der Sonnenstunden unterschreitet mit 213 Stunden den Durchschnittswert um 35 Stunden. Die Regenmenge beträgt 108 mm und liegt klar über dem Wert von 62 mm, den die Meteorologen als Mittelwert registrieren.

# Mittwoch 10. Juni

*Politik*

**Zu seiner konstituierenden Sitzung** tritt in Stuttgart der am 5. April gewählte Landtag von Baden-Württemberg zusammen. Fritz Hopmeier (CDU) wird als Nachfolger von Erich Schneider (CDU) Landtagspräsident. Die Wähler hatten der seit 20 Jahren regierenden CDU-Alleinherrschaft einen Denkzettel verpaßt. 9,5% verloren die Christdemokraten. Gewinner sind die rechtsradikalen Republikaner, die als drittstärkste Partei nach CDU und SPD erstmals in den Landtag einziehen.

Krawatte ist kein Muß mehr: Anzug mit zweireihigem Sakko

*Kultur*

**Die letzten Vorbereitungen** der »documenta 9« laufen. Am 13. Juni wird die Kunstausstellung in Kassel eröffnet. Die »documenta« wird jedoch wegen ihres Showcharakters gerügt.

*Wetter*

**Ein Jahrhundert-Juni** als Auftakt für einen Rekordsommer sorgt für ergiebigen Gesprächsstoff. Die durchschnittliche Temperatur im Juni 1992 liegt 2,9 °C über dem langjährigen Mittelwert.

## Donnerstag 10. Juni

*Politik*

**Nach dem Ständerat,** der Kantonalvertretung, spricht sich auch der Nationalrat dafür aus, daß die Schweiz ab 1995 der UNO und der KSZE ein Kontingent von 600 Soldaten zur Verfügung stellt. Die Schweizer Eidgenossenschaft gehört aus Neutralitätsgründen beiden Organisationen nicht an.

*Politik*

**Der FDP-Parteitag in Münster** ist Thema der politischen Kommentatoren. Am folgenden Tag wird Bundesaußenminister Klaus Kinkel mit 545 von 619 Stimmen als Nachfolger von Otto Graf Lambsdorff zum Vorsitzenden seiner Partei gewählt. Sein Wunschkandidat für das Amt des Generalsekretärs, der Kölner Abgeordnete Werner Hoyer, erhält 91% der Stimmen. Kinkel gehört seit Anfang 1991 der FDP an, 1992 wurde er Außenminister.

Für die heißen Sommer der 90er Jahre: Kleid mit Bustieroberteil

*Wetter*

**Kühl und regnerisch** ist der Juni 1993. Bei leicht überdurchschnittlicher Regenneigung mit 86 mm Niederschlag scheint die Sonne nur 201 Stunden.

# 1994

## Freitag 10. Juni

*Politik*

**Die Organisation Amerikanischer Staaten** (OAS) beschließt in der nordbrasilianischen Stadt Belem do Para eine Verschärfung der Sanktionen gegen Haiti, um die Wiedereinsetzung von Präsident Jean Bertrand Aristide zu erzwingen.

*Gesellschaft*

**Die letzte Phase des Wahlkampfs** zum Parlament der Europäischen Union beginnt. Am 12. Juni gewinnen in Deutschland die CDU und CSU hinzu, die SPD verliert Stimmen. Der Bonner Koalitionspartner der Union, die FDP, bleibt mit 4,1% unter der Fünf-Prozent-Hürde und ist künftig im Europäischen Parlament nicht mehr vertreten. Nur in Deutschland und Italien können sich Regierungsparteien behaupten, in den übrigen zehn Ländern büßen sie Stimmen ein.

### Rekorde in den 90er Jahren

**Weitsprung:** Mike Powell (USA) – 8,95 m (1991)
**110 m Hürden:** Colin Jackson (USA) – 12,91 sec (1993)
**Skifliegen:** E. Bredesen (NOR) – 209 m (1994)
**Dreisprung:** J. Edwards (GBR) – 18,29 m (1995)

*Wetter*

**Ein angenehmer Sommer** mit einer leicht überdurchschnittlichen mittleren Temperatur von 16,9 °C lädt im Juni 1994 zum Verweilen im Freien ein.

# 1995

## Samstag 10. Juni

*Politik*

**Zum Bundesvorsitzenden der FDP** wird als Nachfolger von Klaus Kinkel der hessische Landesvorsitzende Wolfgang Gerhardt gewählt. Er erhält 57% der Stimmen. Kinkel hatte angesichts des Ausscheidens seiner Partei aus den Länderparlamenten von Nordrhein-Westfalen und Bremen seinen Rücktritt als FDP-Chef erklärt. Er behält jedoch seinen Posten im Bonner Kabinett.

*Sport*

**Durch einen Dreisatz-Sieg** gewinnt die Brühlerin Steffi Graf im Finale gegen die Spanierin Arantxa Sanchez Vicario zum vierten Mal die Internationalen Tennismeisterschaften von Frankreich. Sieger bei den Herren wird Thomas Muster aus Österreich.

### Stars der 90er Jahre

**Kevin Costner**
Filmschauspieler
**Julia Roberts**
Filmschauspielerin
**Whitney Houston**
Sängerin
**Michael Schumacher**
Rennfahrer
**Luciano Pavarotti**
Sänger

*Wetter*

**Etwas zu kühl und regnerisch** präsentiert sich der Juni 1995. Die Niederschlagsmenge liegt mit 93 mm klar über dem langjährigen Mittel von 76 mm. Die Sonne scheint nur 187 Stunden (Durchschnittswert: 248 Stunden). Alles in allem: Mit Regenschirm und langen Ärmeln macht man nichts verkehrt.

Montag 10. Juni

Dienstag 10. Juni

*Mittwoch 10. Juni*

## Theo Lingen

***10.6.1903, Hannover**

Sein näselnder Tonfall, der preußisch korrekte Scheitel und die stets um Eleganz bemühte Gestik waren das Markenzeichen des Vollblut-Komikers, der als Film- und Bühnenschauspieler gleichermaßen Erfolge feierte. 1933 drehte er den »Walzerkrieg« mit Willi Fritsch. An der Seite Hans Mosers spielte Lingen, der 1978 starb, in »Ungeküßt soll man nicht schlafen geh'n« (1935/36). Unvergessen ist auch sein Auftritt als »Theodor im Fußballtor« (1950) und seine Darstellung skurril-zerstreuter Lehrergestalten in den Paukerfilmen der 60er Jahre.

Samstag 10. Juni

## Judy Garland

***10.6.1922, Grand Rapids/Minn.**

Als Mädchen Dorothy mit den großen dunklen Augen wurde Judy Garland in »The Wizard of Oz« (1939) zu Hollywoods größtem Kinderstar. In Begleitung der Vogelscheuche, des ängstlichen Löwen und des Blechmannes überwindet Dorothy die Kräfte des Bösen. Seit 1935 bei der Filmfirma MGM unter Vertrag, trat sie in Tanz- und Gesangsrollen in zahlreichen Musicals auf. Aus ihrer Ehe mit Vincente Minnelli (seit 1945) ging die Schauspielerin und Sängerin Liza Minnelli hervor. 1969 wählte Judy Garland 47jährig den Freitod.

Montag 10. Juni

## Harald Juhnke

***10.6.1929, Berlin**

Der Schauspieler und Entertainer wurde durch zahlreiche Boulevardkomödien, Fernsehserien und Sketchsendungen populär. Mit seinem Berliner Witz war er jahrelang auf spitzbübische und galante Charaktere abonniert (»Ein Mann für alle Fälle«, 1977; »Ein verrücktes Paar«, 1979; »Harald und Eddi«, 1986). In jüngerer Zeit profilierte sich Juhnke in ernsten Filmrollen (»Der Trinker«, 1996) und als Theaterschauspieler (»Der Hauptmann von Köpenick«, 1996). Schlagzeilen macht Juhnke auch immer wieder durch exzessiven Alkoholkonsum.

Dienstag 10. Juni

## Theo Sommer

***10.6.1930, Konstanz**

Der Mit-Herausgeber der Wochenzeitung »Die Zeit« ist einer der bekanntesten und profiliertesten Publizisten der Bundesrepublik. Seine Karriere begann der Experte für globale Militärstrategie als Lokalredakteur bei der Rems-Zeitung in Schwäbisch Gmünd, ehe er 1958 als politischer Redakteur zur »Zeit« stieß. Der Schüler von Henry Kissinger an der Harvard Universität, auch Präsidiumsmitglied des Londoner Instituts für Strategische Studien, leitete 1970 einen Planungsstab im Verteidigungsministerium. 1973 wurde er Chefredakteur der »Zeit«.

*Dienstag 10. Juni*

## Jürgen Prochnow

***10.6.1941, Berlin**

Sein großer Erfolg als U-Boot-Kommandant im Film »Das Boot« (1979-81) nach dem Roman von Lothar-Günther Buchheim (Regie: Wolfgang Petersen) ebnete Prochnow als einem der wenigen deutschen Schauspieler den Weg nach Hollywood. Wie in Deutschland (»Der Bulle und das Mädchen«, 1984) war er auch in den USA auf die Rolle des harten, männlichen Typs festgelegt. Daß er auch andere Charaktere verkörpern kann, hatte er als sensibler homosexueller Häftling in dem Fernsehspiel »Die Konsequenz« (1977) bewiesen.

# Impressum



| | |
|---|---|
| Autoren: | Johannes Ebert, Andreas Schmid |
| Redaktion: | txt redaktionsbüro ebert & schmid, Lünen |
| Bildredaktion: | Sonja Rudowicz |
| Umschlaggestaltung und Layout: | Pro Design, München |
| Satz: | Druck & Litho Reichenberg GmbH, Bocholt |
| Druck: | Brepols, Turnhout |

Abbildungsnachweis: Interfoto, München: 128; Public Address, Hamburg: 130, 131, 132; Bertelsmann Lexikon Verlag, Gütersloh - USIS: 129. Modefotos 1900 - 30er Jahre, Damenmode 40er Jahre, Damenmode 50er Jahre: Bertelsmann Lexikon Verlag, Gütersloh; Modefotos Herrenmode 40er Jahre, Herrenmode 50er Jahre, 60er - 90er Jahre: Prof. Dr. Ingrid Loschek, Boxford.
Alle übrigen Abbildungen: Bettmann Archive/UPI/Reuters/John Springer Coll., New York.

Trotz größter Sorgfalt konnten die Urheber des Bildmaterials nicht in allen Fällen ermittelt werden. Wir bitten gegebenenfalls um Mitteilung.



ISBN 3-577-30610-6

## *Vom 1. Januar bis zum 31. Dezember*

Individuelle Bücher – für jeden Tag des Jahres eines. Mit allen wichtigen Ereignissen, die sich genau an diesem besonderen Tag während der Jahre unseres Jahrhunderts zugetragen haben. Doch trotz all der großen Ereignisse des Weltgeschehens – es gibt immer auch persönlich wichtige Daten für jeden einzelnen Menschen, sei es ein Geburtstag, Hochzeitstag, Erinnerungstag oder der Tag, an dem eine entscheidende Prüfung bestanden wurde. So wird aus einem Tag im Spiegel des Jahrhunderts zugleich auch ein »persönlicher« Tag. Und endlich gibt es für all diese Anlässe das richtige Buch, das passende Geschenk!

### *Persönliches Horoskop*

Was sagen die Sterne zu den jeweiligen Tagen? Außerdem erfahren Sie, welche bekannten Menschen unter dem gleichen Sternzeichen geboren wurden.